Sommerland

Wenn du da bist
Und mir nah bist
Bin ich froh
Einfach so

Bist du fern
Denk ich gern
Viel an dich
Und freue mich

V. Erhardt

Friederike Reumann

Sommerland

Bibliografische Information der Deutschen Nationalbibliothek:
Die Deutsche Nationalbibliothek verzeichnet diese Publikation in
der Deutschen Nationalbibliografie; detaillierte bibliografische Daten
sind im Internet über
< http://dnb.d-nb.de > abrufbar.

© 2007 Friederike Reumann
Lektorat, Satz, Umschlaggestaltung, Herstellung und Verlag:
Books on Demand GmbH, Norderstedt
ISBN: 978-3-8334-8307-3

Inhalt

1 Von Sternen

Ich saß auf dem Fenstersims und starrte gedankenverloren hinaus. Mein linkes Bein baumelte hin und her, ohne dass ich es beachtete. Draußen war es stockdunkel, doch die Sterne leuchteten hell. Jeder einzelne grenzte sich klar vom pechschwarzen Himmel ab. Ich bildete mir ein, Zacken zu erkennen, so wie Kinder Sterne auf Papier malen.

Mein Blick verlor sich in der Dunkelheit. Ich schaute nicht mehr in den Himmel, sondern bemühte mich jetzt, die Schattenrisse der Bäume zu sehen, die nur wenige Meter von meinem Fenster entfernt waren. Ich kniff meine Augen zu kleinen Schlitzen zusammen, damit ich die Dinge in der Dunkelheit besser erkennen konnte. Dennoch sah ich keinen Vogel, der im Geäst der dunklen Bäume schlief. Nicht einmal ein Blatt, das sich im Wind bewegte.

Ich öffnete mein Zimmerfenster, um die Dunkelheit besser betrachten zu können. Die Luft, die in mein Zimmer strömte, war kühl und frisch. Sie wehte mir durchs Gesicht und ich merkte, wie sich die kleinen Haare auf meiner Haut aufstellten.

Als ich wieder hinaussah, kam es mir vor, als ob die Bäume ein Stück näher an mein Fenster gerückt waren. Auf einmal konnte ich die Blätter genauer erkennen. Sie schimmerten dunkelgrün und hatten verschiedene Formen. Eines war beinahe dreieckig. Aber oben an der Spitze waren kleine Zacken, wie zwei scharfe Zähne. Ich wandte meine Augen von dem Blatt ab und schaute ein zweites Mal hinauf zu den Sternen. Langsam gewöhnten sich meine Augen an die Dunkelheit. Die Umrisse wurden klarer und ich sah, dass nicht nur die kräftig leuchtenden Sterne Zacken besaßen. Auch die kleinen, schwachen Sterne hatten winzige dreieckige Spitzen.

Die Sterne leuchteten über mir. Ich sah zu ihnen hinauf und mir kam es vor, als müsste man nur die Arme ausstrecken, wenn ich sie berühren wollte. Ich versuchte nach einem Stern zu greifen, doch meine Hand fasste nur die kühle, schwarze Nacht.

Ich erinnerte mich an ein Bilderbuch, das ich als Kind geschenkt bekam. Es handelte von einem Sternenwart, der Nacht für Nacht zu den Sternen reiste und ihnen Licht schenkte, damit sie leuchten konnten. Für die kleinen Sterne reichten Teelichter aus. Schon als sie den Sternenwart von Weitem sahen, streckten sie ihm die Hände entgegen und hielten das kleine Teelicht voller Stolz die ganze Nacht. Für die großen Sterne packte der Sternenwart dicke, große Stumpenkerzen aus, die so schwer waren, dass die großen Sterne sie nicht mehr in der Hand halten konnten. Deshalb hatten sie eine Klappe an ihrem Bauch, in die man eine Kerze hineinstellen konnte. Nach jeder Runde, wenn der Sternenwart seine Arbeit erledigt hatte, stellte er sich zufrieden vor die Sterne und sah glücklich auf sein Werk. Er leistete gute Arbeit. Der Himmel strahlte in all seiner Herrlichkeit und die Menschen auf der Erde freuten sich über das schöne Licht.

Heute musste der Sternenwart zu wenig Kerzen in seinem Beutel gehabt haben, dachte ich. Denn das Licht der Sterne reichte nicht aus, um mich zu trösten.

Traurig wandte ich meinen Kopf von den Sternen ab. Wie von allein wanderte mein Blick Richtung Uhr. Der kleine Zeiger bewegte sich fast unmerklich. Automatisch zählte ich seine Schritte mit. »Zwei Uhr nachts!« Mir stockte der Atem und mein Herz hämmerte gegen den Brustkorb, mit voller Wucht, als wolle es nicht mehr in meinem Körper bleiben. Es raubte meiner Lunge den Platz und für ein paar Sekunden rang ich nach Luft. Ich hustete und würgte, bis frische Luft in meine Bronchien strömte. Mein Herzschlag beruhigte sich wieder ein bisschen und ich sah erneut aus dem Fenster. Ohne, dass ich es wollte, fiel mein Blick sofort wieder auf den endlos erscheinenden Himmel. Meine Augen suchten ihn sorgfältig ab, Stern für Stern. Die Nacht schien dunkler geworden zu sein. Dunkler, als je zuvor. Vielleicht hatte der Wind einige Teelichter der kleinen, schwachen Sterne ausgeblasen.

Genau jetzt flog er davon … Verloren suchte ich den Himmel nach Flugzeugen ab. Es war schwer, sie von den kleinen, glitzernden Sternen zu unterscheiden. Denn wenn man genau hinsah, bewegten sich die Sterne auch.

Ein Punkt dort oben bringt ihn nach Vietnam, dachte ich und sah einem Flugzeug nach, dessen Umrisse ich nur vermuten konnte. »So ein kleiner verdammter blinkender Punkt!«, fluchte ich und starrte auf das Flugzeug, dessen Scheinwerfer sich einen Weg durch die Nacht suchten. »Vietnam! Wer will denn da schon hin? Hätte er nicht einfach in der Nähe bleiben können?«, fragte ich in den Sternenhimmel hinein, aber ich erhielt keine Antwort.

Meine Kehle brannte fürchterlich. Ich sah mich in meinem Zimmer nach etwas zu trinken um. Das Brennen meiner Kehle wanderte immer weiter nach oben und erreichte schließlich meine Augen. Ich blinzelte ein paar Mal, damit sie sich nicht mit Tränen füllten.

Jetzt blenden die Sterne auch noch, dachte ich und wischte mir schnell mit meinen Pulloverzipfel über die Augen. Noch einmal suchte ich den Himmel nach flimmernden Punkten ab. Ich sah alles verschwommen, dennoch erkannte ich wieder einen unter den vielen Punkten, der sich bewegte.

»Vielleicht war er ja das …«

Die Umrisse der Blätter waren nicht mehr so scharf wie zuvor. Eher ausgefranst und verschwommen. Auch die Bäume schienen wieder ein Stück von meinem Zimmerfenster fortgerückt zu sein. Ich umklammerte meine Beine fest. So verharrte ich einige Minuten zusammengekauert auf der Fensterbank. Als ich endlich aufstand, fühlten sich meine Beine schwer und gelähmt an. Es dauerte, bis sie wieder ohne meine Hilfe stehen konnten. Mir schien es sicherer, mich an die Wand zu stützen, denn mich überkam das Gefühl, jeden Augenblick umzufallen. Mit zitternder Hand schloss ich das Fenster, ohne noch einmal hinauszusehen. Dann stand ich dort. In meinem dunklen Zimmer, allein. Beinahe kam es mir vor, als ob ich in einer Zeitschleife hängen geblieben wäre. Vorsichtig ließ ich meine Hände von der Wand los und stand etwas wackelig im Raum herum.

Na los, Janna! Bis zur Tür wirst du es ja wohl schaffen, versuchte ich mir selbst Mut zu machen und ging einen unsicheren Schritt vorwärts. An der Tür angekommen, lauschte ich in die Dunkelheit hinein. Keiner sollte mitbekommen, dass ich geweint hatte. Niemand durfte meinen Schleier in den Augen sehen. Aber es war still. Meine Familie schlief.

Irgendwas brauchte ich jetzt, um mich abzulenken und nicht an Nick denken zu müssen. Schlafen konnte ich nicht. Einen Moment überlegte ich, meine Schwester zu wecken. Doch wahrscheinlich würde sie nur kurz ihre Träume unterbrechen und mich gar nicht richtig wahrnehmen. Also ließ ich sie schlafen und schlich stattdessen die Treppe hinab. Mein Hund lag auf der letzten Stufe und um ein Haar wäre ich über ihn gestolpert. Mit einem großen Schritt rettete ich mich über seinen Körper. Vielleicht bemerkte er dabei einen kleinen Windhauch. Er öffnete einmal kurz seine Augen, schlief dann aber sofort weiter. Unten schlich ich mich bis zum Kamin und zog ein Taschentuch aus meiner Hosentasche. Prüfend lugte ich durch die verschmierten Kamintüren, erkannte nichts und wischte mit meinem Tuch über das Glas. »Ziemlich schmutzig«, stellte ich fest. »Den muss man unbedingt mal wieder sauber machen!« Froh, endlich eine Ablenkung gefunden zu haben, die mich daran hinderte, an Nick zu denken, ging ich hinüber in die Küche. Im Putzmittelschrank entdeckte ich den Fensterreiniger ganz hinten in der Ecke, schnappte mir den Lappen aus der Spüle und schlich zurück zum Kamin. Vorsichtig, als könnte das feste Glas zerspringen, wischte ich zuerst die Ecken aus. Dann bearbeitete ich den hartnäckigen Rußfleck mitten auf der Scheibe. Bald glänzten die Scheiben wieder, jedenfalls von außen. Neugierig schaute ich in die Kaminfenster und sah mein Gesicht. »Oh weh, wie furchtbar!«, stellte ich erschrocken fest. Meine Augen waren zugequollen und klein. Mühevoll rappelte ich mich auf und warf den dreckigen Lappen aus fünf Metern Entfernung zielgenau in die rote Waschschüssel, die in der Spüle stand. Unschlüssig stand ich einen Moment vor dem Kamin. Suchend sah ich mich nach einer neuen Beschäftigung um. Dann muss ich wohl ins Bett gehen, überlegte ich und drehte mich noch einmal zum Kamin um. Müde schlurfte ich zur Treppe, stieg über meinen Hund und nahm jeweils zwei Stufen auf einmal. Doch auf der sechsten Stufe blieb ich plötzlich stehen. Irgendetwas quietschte. Leise bückte ich mich, lugte vorsichtig durch zwei Treppenstufen hindurch und sah hinunter zum Kamin. Zwei kleine rußverschmierte Hände drückten energisch gegen das Kaminglas, bis die kleinen Türen weit geöffnet waren. Ein zerzauster Kopf, mit großen braunen Kulleraugen lugte heraus und schüttelte sich kräftig. Asche flog im hohen Bogen durch die Luft. Dann lehnte sich das kleine Männchen lässig in den Kaminrahmen. »Du hast meinen Kamin nicht ausgekehrt«, schimpfte es leise und fuchtelte wütend mit seinen Ärmchen in der Luft umher. »Komm sofort wieder herunter!«

»Oh nein. Nicht heute, Rosti. Bin zu müde«, flüsterte ich zurück. Das Männchen verschränkte seine Arme vor der Brust. »Was ist, kommst du wohl wieder runter?«, fragte es mit etwas lauterer Stimme. »Bschhhht!« Erschrocken hielt ich meinen Zeigefinger vor den Mund. »Leise, du weckst sonst noch alle! Dachte, du schläfst schon.« Rosti lockerte seine Arme ein wenig. »Wie soll ich denn schlafen, wenn du meine Scheiben mitten in der Nacht mit diesem stinkenden Zeug putzt? Auf so eine Schnapsidee kannst auch nur du kommen! Außerdem hab ich dir schon ein paar Mal gesagt, du sollst das Putzzeug mit dem Orangenduft nehmen.« Er schnupperte demonstrativ an den Scheiben und rümpfte die Nase. »Jetzt riecht es hier wieder tagelang nach Krankenhaus.«

Einen Moment zögerte ich. Ich war hundemüde und wollte ins Bett. Andererseits, vielleicht war es besser, dem kleinen Männchen Gesellschaft zu leisten, als mit Kissen über dem Kopf im Bett zu liegen, damit man die blinkenden Punkte am Nachthimmel nicht sehen musste. Schließlich entschied ich mich für die weniger quälende Variante und ging wieder hinunter zum Kamin.

»Also, wenn du mich jetzt schon geweckt hast, könntest du eigentlich meinen Kamin mal wieder ordentlich sauber machen«, schlug das Männchen vor. »Ist nämlich immer so ein komischer Ausblick, wenn du nur die Außenscheiben putzt und alles andere noch rußig ist.« »Schon gut. Ich hol den Handfeger«, erwiderte ich geschlagen. Das Männchen lächelte glücklich. Jetzt hatte es Gesellschaft und bekam sogar noch sein Haus gefegt.

Routinemäßig kehrte ich die ganze Asche aus dem Kamin heraus.

»Weißt du«, fragte ich, »es wundert mich immer, warum der Kamin so voller Asche ist, obwohl er nie an ist. Wie machst du das?« Rosti gab mir keine Antwort. Stattdessen

hüpfte er plötzlich erschrocken vor einen kleinen Aschehaufen in der hintersten Ecke, dem ich wohl mit meinem
Handfeger zu nahe gekommen war. Er stellte sich schützend
davor und wedelte panisch mit seinen kleinen Armen in
der Luft. Dann versuchte er mit aller Kraft, den Handfeger
zur Seite zu schieben. »Mensch, lass los!«, rief ich und versuchte ihn abzuschütteln. »Ich weiß doch, dass die Asche
in der Ecke liegen bleiben muss. Ich putze deinen Kamin
nun schon so viele Jahre.« Das Männchen hielt kurz inne,
so als würde es schnell nachrechnen. Dann schritt es zögernd, aber beruhigt zur Seite.

2 Blauer Himmel und weiße Wolken

Nach getaner Arbeit setzte ich mich erschöpft vor den Kamin, der nun wieder strahlte. Rosti saß auf seinem Aschehaufen hinten in der Ecke und sah mich auffordernd an. Doch ich reagierte nicht. »Warum bist du so spät noch wach?«, fragte er schließlich. Unschlüssig wartete ich mit meiner Antwort. Sollte ich erzählen, warum ich traurig war? Normalerweise sprach ich nie darüber, wenn mich etwas bedrückte. Doch heute wollte ich meine Traurigkeit irgendwie loswerden. Also sah ich zu dem kleinen Wesen, das sich bereits gemütlich in den Schneidersitz gesetzt hatte. Es schien nur darauf zu warten, bis ich meine Geschichte endlich begann.

Ich holte tief Luft, bevor ich schließlich einen Anfang fand. »Das ist eine längere Geschichte«, warnte ich Rosti vor und spielte mit einem Aschekrümel, der mir vor die Füße gefallen war. »Vielleicht kannst du dich noch an Nick erinnern. Ich hab dir bestimmt mal von ihm erzählt.«

Seinen Namen auszusprechen tat mir weh.

Rosti strich sich nachdenklich mit dem Zeigefinger über das Kinn. Er schien sich zu erinnern. Ich schaute aus der Terrassentür, um zu prüfen, ob man von hier aus auch die Sterne sah. »Bestimmt fliegen heute Nacht viele Flugzeuge am Himmel«, unterbrach ich die erwartungsvolle Stille. »Warum denn auch ausgerechnet das blöde Flugzeug von Nick?« Rosti ordnete meine Gedankenfetzen und schien langsam zu verstehen. »Ach so, darum geht es. Nick ist also weg?«, fragte er zaghaft. Ich nickte stumm.

Rosti stieg in seinen Kamin, wühlte einige Zeit darin herum und tauchte dann wieder mit einem riesigen Taschentuch in seinen Händen auf. »Hier, nimm das mal vorsichtshalber!«, sagte er und streckte mir das Taschentuch entgegen. »Geht schon, Rosti«, winkte ich ab. Doch schon liefen die ersten Tränen über meine Wangen, ich konnte sie nicht aufhalten. Dankbar griff ich nun nach dem Taschentuch und schnaubte meine Nase. Dann wischte ich mir über das Gesicht. Nur langsam beruhigte ich mich und das kleine Männchen wartete geduldig, bis ich meine Stimme wiederfand. Verlegen blickte ich auf meine Uhr und drehte an ihrem Gehäuse. »Vor fast einer Stunde ist Nicks Flugzeug nach Vietnam abgeflogen«, sprudelte es plötzlich aus mir heraus. Rosti schluckte, als dachte er, gleich würde ich wieder in Tränen ausbrechen. »Keine Angst! Ich weine ja nicht«, beruhigte ich ihn. »Er hat sich nicht einmal richtig verabschiedet. Kannst du dir das vorstellen?«, fragte ich Rosti, ohne seine Antwort abzuwarten. »Nicht einmal angerufen hat Nick, nichts!«, fügte ich hinzu und wackelte verlegen mit meinem Fuß hin und her. Rosti sah mich bedauernd an: »Vielleicht sind Abschiede zu traurig für ihn. Das kann doch sein. Du verabschiedest dich doch auch so ungern!« Ich veränderte meine Sitzhaltung. Mein Hintern fing an wehzutun. »Was ist, wenn ich ihm nicht wichtig genug war?«, fragte ich unsicher. »Ach Quatsch, Janna!«

»Vietnam. Wer will denn schon nach Vietnam?« Jetzt wurde Rosti fast sauer. Man sah es an seinen kleinen Gesichtsfalten, die sich zusammenzogen. »Janna«, sagte er energisch, »jetzt stell dich mal nicht so an! Ist doch nur für ein Jahr! Er wird schneller wieder hier sein, als du denkst.« Doch davon war ich nicht überzeugt. Er war weg, nicht mehr da. So richtig realisieren konnte ich das erst jetzt. Er ist irgendwie noch hier, dachte ich traurig und meine Augen füllten sich erneut mit dicken Tränen. »Hier riecht es noch nach seinem Duft und ich kann dir genau sagen, wo er welche Sommersprossen im Gesicht hat.« Traurig blickte ich zu Boden. »Er ist noch hier, er kann doch nicht weg sein.«

Nick roch immer nach einer frischen Meeresbrise mit einem Spritzer Lemongras. Sogar sein Kissen duftete danach.

»Ein Jahr!«, schluchzte ich von Neuem und Rosti war schon wieder in den Kamin gekrochen, um mir ein frisches Taschentuch zu besorgen. »Ein Jahr ist so furchtbar lang ... In einem Jahr kann so viel passieren!« »Ach, Janna!«, begann Rosti, aber ich ließ ihn gar nicht zu Wort kommen. »In einem Jahr hat Nick mich bestimmt vergessen! Oder er bleibt gleich ganz in Vietnam, weil er dort irgendeine andere kennen gelernt hat.« Rosti wartete geduldig ab, bis ich alles aufgezählt hatte, was Nick so in einem Jahr passieren konnte. »Aber was ist denn, wenn du Sängerin wirst?«, unterbrach er mich plötzlich. »Ja genau. Ich werde Sängerin!« Dann stockte ich. »Was?« Rosti lächelte milde. »Was ist, wenn sich bei dir etwas verändert?«, fragte Rosti nach. Verblüfft sah ich ihn an. »Bei mir?«, wiederholte ich. »Oh. Daran hab ich gar nicht gedacht«, gab ich zu. »Na, siehst du. Aber vielleicht brauchst du ja nicht gleich Sängerin zu werden.« Rosti sah mich provozierend an. »Oder hast du dich schon mal singen hören?«, fragte er und machte mich mit vollkommen übertriebenen Krächzlauten nach. »Ach, Rosti!«, seufzte ich, »es ist nur ... es ist nur ...« Ich fand keine Worte, die meinen momentanen Gemütszustand treffend beschreiben konnten. »Was ist?«, hakte Rosti nach. »Weiß auch nicht so genau. Irgendwie fühle ich mich wie ...« Ich suchte nach etwas Treffendem. »Wie ... umgeschubst und nicht wieder aufgerichtet, wenn du verstehst, was ich meine.« Rosti verstand glaub ich nicht so recht, aber er nickte verständnisvoll. »So als ob du durch eine menschenüberfüllte Einkaufsstraße gehst, stolperst und der Länge nach auf den Boden fliegst. Und immer, wenn du versuchst aufzustehen, bohrt sich ein neuer Absatz in deinen Bauch. Oder jemand tritt auf deinen Brustkorb, sodass dir die Luft wegbleibt. Keiner streckt dir die Hand entgegen, um dir hochzuhelfen, weil dich niemand bemerkt. Irgendwann merkst du es selber nicht mehr, wenn jemand auf dich tritt oder wenn dir eine Handtasche ins Gesicht gehauen wird und du guckst dir alles von unten an. Siehst die verschiedensten Profile der Schuhe, bunte Kleider, die über dir wehen, Menschen, die über dich hinweghetzen. Ab und zu siehst du durch eine Lücke ein kleines Stück blauen Himmel und du weißt, du brauchst jemanden, der dich aufhebt, um auch die weißen Wolken sehen zu können.« Rosti sah mich besorgt an, so als ahnte er, dass nicht Nick allein der Grund für so viel Traurigkeit sein konnte. »Und diesen jemand hab ich jetzt nicht mehr«, schrieb ich in Gedanken mit dicken Buchstaben auf ein Plakat und hängte es an das höchste Haus meiner menschenüberfüllten Einkaufsstraße, sodass es mir selbst die Lücken zu dem blauen Himmel versperrte.

»Das erste Mal in meinem Leben bin ich allein«, sagte ich zu Rosti. »Niemand ist da, der mir hochhilft, wenn ich hinfalle. Aus eigener Kraft muss ich nun aufstehen und das klappt irgendwie nicht.«

Vielleicht war es nicht allein Nick, der mir in diesem Augenblick fehlte. Auch Jona, mein bester Freund, wollte mich verlassen, weil er in einer anderen Stadt studieren musste. »Jona ist bald weg, Nick ist weg, alle gehen weg und ich bleibe hier ganz allein«, bedauerte ich mich. Die Tränen schossen mir schon wieder in die Augen. Nur mit Mühe konnte ich sie zurückhalten. Rosti saß geduldig in seinem Kamin und sah mich mitleidig an. Es dauerte eine Weile, bis mein Kloß im Hals geschmolzen war und ich wieder reden konnte. »Was soll ich ohne Nick machen? Ich hab mir so viel mit ihm vorgestellt. Jetzt ist mein Leben leer!« Automatisch griff ich neben mich nach meinem Taschentuch. Rosti erwachte aus seiner geduldigen Haltung und lächelte. Verdutzt sah ich ihn an. Das war das Letzte, was ich jetzt erwartet hätte. Er lachte und ich war todtraurig.

»Ach, Janna. Dein Leben ist nicht leer«, versuchte mich Rosti aufzubauen. »Du musst es nur wieder neu füllen.« Unsicher sah ich ihn an. »Wie soll man das machen?« »Das musst du schon selbst herausfinden«, erwiderte er mit aufbauender Stimme. »Dein Leben ist hier nicht einfach zu Ende, ob du willst oder nicht. Es geht immer weiter. Irgendwann kommt der Punkt, da fügt es sich wieder zusammen, ganz von allein.« Ich sah ihn verwirrt an. Aber er ließ sich nicht beirren. »Du musst nur ein wenig Zeit verstreichen lassen. Das Leben passiert und du kannst nichts dagegen tun.« Diese Antwort gefiel mir nicht wirklich. Traurig ließ ich meine Schultern hängen und sackte in mich zusammen. Meine Füße waren eingeschlafen und ich bewegte meine Zehen. Die Schmerzen ließen nach. »Warum fällt dir immer so etwas Vernünftiges ein? Kannst du mich nicht einmal so richtig bedauern?«, fragte ich ironisch. Rosti lächelte milde. »So ist das Leben, Janna!« Er kniff mir mit seinen kleinen schwarzen Fingern aufmunternd in die Nase. »Mal geht's schief und mal daneben!« In solchen Situationen hasste ich diesen Spruch.

»Jetzt geh ich schlafen. Bin hundemüde.« Umständlich stand ich auf. Meine Füße kribbelten immer noch leicht, vor allem der große Zeh. Auch Rosti schien vom vielen Zuhören müde geworden zu sein. Er zog die Kamintüren hinter sich zu und winkte durch die Fensterscheiben, bis er mich auf der Treppe nicht mehr sah. Vor dem Spiegel im Bad wischte ich mir die Spuren seiner kleinen Rußpatschen von der Nase ab. Dann ging auch ich schlafen.

3 Siedler (Erinnerung 1)

Noch lange lag ich wach und dachte nach. Nick fehlte mir sehr, auch wenn ich es nicht zugeben wollte. Ich vermisste seine fröhliche Art. Man konnte schon von Weitem sehen, dass Nick ein netter Mensch war. Es gibt nicht viele Menschen, bei denen man so was sofort sagen kann. Man fühlte sich in Nicks Gegenwart einfach wohl.

Ich lag in meinem Bett und dachte an seine schönen Augen. Sie waren leicht gesprenkelt. Man sah es aber nur, wenn man genau hinsah. Ganz links in seinem Augapfel zeichnete sich ein winziger schwarzer Fleck ab.

Nachdenklich rückte ich die drei Kopfkissen zurecht und ließ meine Gedanken schweifen. Eigentlich hätte ich Nick niemals kennen gelernt, wenn Micha nicht gewesen wäre, überlegte ich.

Micha und ich hatten im selben Jahr Abi gemacht. Danach haben wir uns aus den Augen verloren. Doch urplötzlich rief er an, um mich zu einer Feier in seiner neuen Wohnung einzuladen.

Meine Erinnerungen an diesen Abend waren noch frisch und es dauerte nicht lange, bis ich Michas Wohnzimmer wieder im Geiste vor mir sah.

Zögernd wickelte ich mich ein bisschen enger in meine grüne Decke. Sie war schön warm und das Ticken meiner Wanduhr machte mich ein wenig schläfrig. Die Uhrzeit konnte man nicht erkennen, es war zu dunkel. Eigentlich wollte ich auch gar nicht wissen, wie spät es war. Denn die Zeit erinnerte mich nur daran, dass Nick im Flugzeug saß und nicht mehr da war.

Unruhig wickelte ich mich wieder aus meiner Daunendecke und reckte mich. Mit meiner rechten Hand erreichte ich das Fotoalbum auf meinem Nachttisch und schlug es auf. Ziellos blätterte ich ein wenig darin herum, ohne auf die Bilder zu schauen. Im Grunde wollte ich gar nicht sehen, wie schön es gewesen war, als wir noch alle beisammen waren. Schließlich schlug ich das Buch traurig wieder zu.

In Gedanken versetzte ich mich wieder zurück auf Michas Einweihungsfeier, auf der ich Nick das erste Mal traf.

Als ich damals vor Michas Tür gestanden hatte, wurde mir erst bewusst, wie lange ich ihn schon nicht mehr gesehen hatte. Ich stellte mir vor, gleich all die anderen aus meinem Jahrgang zu treffen, und freute mich, endlich wieder ein Bier mit ihnen zu trinken.

Doch die Zeiten hatten sich offenbar verändert.

Bier konnte ich nirgends entdecken. Von ausgelassenen Feiern schien Micha nicht mehr viel zu halten. Er veranstaltete jetzt Spieleabende. In seiner Wohnung fand ich niemanden, der mir auch nur ansatzweise bekannt vorkam. Ich traute mich nicht mal, meine Jacke über einen Stuhl zu werfen, wie ich es früher getan hätte, sondern ich hängte sie ordentlich an einen Haken des modischen Kleiderständers, der nicht so recht zu Micha passen wollte.

Mein Kissen war vom Bett gefallen. Ich hob es wieder auf und schob es zurück unter meinen Kopf. Inzwischen lag ich auf dem Bauch und meine Füße lugten unter der grünen Decke hervor, ohne kalt zu werden.

Mein Gedankenfluss stockte einen Moment, denn gleich würde der Moment kommen, an dem Nick in mein Leben getreten war. Mitten auf dem Flur stand ein großer Wäscheständer voll mit Michas Socken und Unterhosen. Es schien niemanden zu stören, dass man sich an ihm vorbei ins Wohnzimmer drängen musste.

Ich sah mich im Zimmer um, entdeckte lauter neue Gesichter und kannte keinen Einzigen. Plötzlich war meine Lust zu feiern verflogen. Ich tröstete mich mit einem Stück

Pizza, das ich in einem Karton auf Michas Tisch fand. Die Pizza war noch warm und schmeckte gut. Gestärkt setzte ich mich in die Runde und versuchte mir die Namen von Michas Freunden zu merken.

Wahrscheinlich war es die Angst, etwas Falsches zu sagen oder zu tun und mich irgendwie peinlich zu benehmen, die dafür sorgte, dass ich Nick anfangs gar nicht bemerkte.

Micha hatte mich kurz seinen neuen Freunden vorgestellt und ich gab jedem artig meine Hand. Ich fühlte mich unglaublich fremd in dieser neuen Runde und kaute die ganze Zeit auf meiner Pizza herum, damit ich mich bloß nicht unterhalten musste. Irgendwann, als ich mich endlich ein wenig behaglicher fühlte, schlug Micha vor, ein paar Spiele zu spielen. Oh nein!, hatte ich damals gedacht. Ich hasste es, mit fremden Menschen spielen zu müssen. Spielen mit fremden Menschen war ideal, um sich total lächerlich zu machen. Micha zog »Siedler« aus seinem großen Spielekartonstapel. Ich erkannte die blauen Buchstaben sofort und hoffte auf einen spontanen Kreislaufzusammenbruch. Aber nichts passierte. Nicht mal schwindelig wird einem, wenn man es gebrauchen kann. Siedler war ein schreckliches Spiel, das ich noch nie verstanden hatte. Außerdem fand ich Siedler langweilig, weil man von vornherein sagen konnte, wer gewinnt. Entweder der, der das Spiel am häufigsten spielte, oder der, der am besten mogeln konnte.

Bevor ich mich seelisch auf meinen Untergang vorbereiten konnte, wurde mir schon ein Stapel ungeordneter Karten in die Hand gedrückt. Keine Ahnung, was ich damit anfangen sollte. Ich traute mich aber auch nicht zu fragen.

Ich versuchte, irgendwie Haltung zu bewahren und nicht wie der letzte Depp auszusehen. Also sortierte ich meine Siedlerkarten fachmännisch und versuchte dabei, genauso konzentriert auszusehen wie die anderen. Verstohlen schaute ich mich in der Runde um, aber niemand sah zu mir herüber.

Also begann ich, die Karten auf meiner Hand nach Schönheit zu sortieren. Die anderen schauten hochkonzentriert in ihre Karten. Ein paar lagen vor ihnen ausgebreitet, einige waren in Ärmeln verschwunden und andere waren wie Fächer in den Händen ausgebreitet. Ich starrte wie ein Blöder in die Gegend und wartete geduldig, bis die anderen endlich fertig wurden.

Dabei war er mir endlich aufgefallen … Plötzlich erwachte ich aus meinen Erinnerungen und war mir einen Moment nicht sicher, ob ich meinen Gedanken weiter folgen sollte. Ich spürte schon wieder, wie die Traurigkeit in mir aufstieg. Andererseits wollte ich Nick wiedersehen und wenn es eben nur in Gedanken sein konnte. Wie spät war es wohl? Die Luft unter meiner Decke wurde knapp und ich zog sie ein Stückchen von meinem Gesicht herunter. Ein paar Mal atmete ich tief ein, sodass sich meine Lunge mit Luft füllen konnte. Dann tauchte ich wieder ab.

Nick saß mir damals schräg gegenüber. Er sah genauso konzentriert aus wie die anderen. Seine Karten waren schön geordnet und er schien einen guten Überblick über das Spiel zu haben, im Gegensatz zu mir. Ich hatte nur irgendwo eine Karte hingeworfen und ein kleines Häuschen dort gebaut, wo ich die Landschaft auf der Karte am schönsten fand.

Ich sah Nick deutlich vor mir. Er schaute kurz von seinen Karten auf und zu mir herüber. Flüchtig lächelte er mir zu.

An seinen Namen erinnerte ich mich damals nicht sofort. Doch dann fiel er mir wieder ein. Nick.

Danach sortierte ich meine Karten weiter, als ob nichts gewesen wäre. Diesmal nach Landschaften.

Nick wäre mir nicht einmal aufgefallen, dachte ich nun

etwas ungläubig. Nur aus Höflichkeit hab ich zurückgelacht!

Ich rollte auf den Rücken, hob den Arm unter meiner Decke hervor und dachte an Nicks Gesicht, an seinen Körper ... Ich erinnerte mich an jede Einzelheit.

Auf seinem Rücken ist ein kleiner Fleck. Sieht aus wie eine alte Windpockennarbe, dachte ich und lächelte besonnen.

Irgendwann an diesem Abend nahm das Siedlerspielen endlich ein Ende. Ich ging zur Toilette und merkte dort erst, wie angespannt ich war. Es tat gut, einen Augenblick allein zu sein. Meine Muskeln wurden langsam wieder lockerer.

Als ich wieder ins Spielzimmer kam, hatte jemand schon ein neues Spiel in der Hand. Es war ein Partyspiel, bei dem sich nun glücklicherweise alle blamieren konnten. Das Spiel bestand darin, eine Karte zu ziehen und das zu machen, was draufstand. Das verstand sogar ich. Doch als ich meine Karte zog und die Aufgabe leise vorlas, hätte ich am liebsten das große Siedlerpaket wieder aus dem Regal gezogen.

Jemand, dessen Namen ich nicht behalten hatte, wedelte auffordernd mit einem dicken Baumwollschal vor meiner Nase herum und schnürte ihn mir fest um den Kopf. Unauffällig versuchte ich ihn zu verschieben, aber es ging nicht. Nicht mal der alte »Unter-dem-Schal-hervorlins-Trick« war möglich.

Auf meiner Karte stand, ich solle Füße erraten. Toll! Ich kannte ja nicht einmal die Namen der Partygäste. Und jetzt sollte ich sie auch noch an ihren Füßen erkennen.

Der erste Fuß landete in meiner Hand und ich zuckte ein wenig zusammen. Dabei verschob sich der Schal ein wenig und ich konnte hervorragend durch einen kleinen Spalt lugen. Ich linste auf den Fuß in meiner Hand und sah durch den Spalt das passende Gesicht dazu. Der Fuß fühlte sich gut an. Es war ein netter, gepflegter Fuß. Er war warm und trug eine Wollsocke, was ihn mir augenblicklich sympathisch machte. Nick hatte also auch immer kalte Füße!

Ich sah die Bilder von meinem ersten Zusammentreffen mit Nick vor mir, als sei es gestern gewesen. Wenn ich wollte, konnte ich seinen Fuß in meiner Hand fühlen. Meine Erinnerungen waren vollständig. Nichts fehlte. Nick lächelte zaghaft, als ich seinen Namen erriet, und zog den Fuß schnell aus meiner Hand.

Erst spät fuhr ich zurück nachhause. Die Nacht war kühl und klar und ich fuhr als Einzige auf der Autobahn.

Unter meiner Bettdecke fröstelte ich plötzlich. An diesem Freitagabend hatte ich die Einsamkeit auf der Straße richtig genossen. Doch jetzt, hier unter meiner Bettdecke, schmerzte sie mich.

Erst früh am Morgen war ich wieder zuhause angekommen. Es dauerte eine Ewigkeit, bis ich endlich die Tore zu unserem Hof hinter mir zugemacht hatte. Als ich die Tür aufschloss, stand mein Hund schwanzwedelnd vor mir und begrüßte mich.

Habe ich an diesem Morgen eigentlich noch an Nick gedacht? Nein. Nicht eine Sekunde.

4 Glasscherben

Manchmal fragte ich mich schon, warum ich so viel an Nick denken musste. Wir kannten uns ja kaum.

Die Sonne schien heute mit all ihrer Kraft. Ihre Strahlen wärmten schon ein bisschen, obwohl es erst April war. Ich lag draußen in meiner Hängematte und schaukelte hin und her. Gedankenverloren ließ ich mein Bein herausbaumeln und schaute in den Himmel. Heute erinnerte er mich irgendwie an Dänemark, denn das Meer besaß dieselbe blaue Farbe.

Früher, als ich klein war, fuhren wir jeden Sommer mit meiner Familie, meiner Tante und meinen beiden Cousins an den Autostrand in Dänemark. Vorher durfte ich mir immer im Spielzeugladen neue Förmchen aussuchen. Meistens wählte ich ein ganzes Netz mit einem Sieb, zwei Schaufeln, einem kleinen roten Eimer und bunten Formen für Sandkuchen. Am Abend vor der Abreise schmierte meine Mutter Schnittchen und kochte Kartoffeln für Kartoffelsalat. Dann verpackte sie alles gut in Alufolie und verstaute unser Autobahnpicknick in der großen Kühltasche. Morgens ging es früh los. Hektisch schleppte mein Vater die schweren Koffer und uns Kinder zum Auto. Meine Tante, die zusammen mit meinen Cousins in ihrem Auto fuhr, stellte Hundekuchen und die Hundereisebox griffbereit auf den Beifahrersitz. Ich mochte diese Aufbruchstimmung, denn für uns Kinder bedeutete sie Abenteuer und Vorfreude auf das Meer. Im Auto konnten wir einfach weiterschlafen. Meistens wurden wir erst wieder munter, als wir an der Fähre ankamen. Riesengroß bäumte sie sich plötzlich vor uns auf und wir mussten lange warten, bis unser Auto endlich hinauffahren durfte. Dann endlich saßen wir zusammen an Deck und ließen uns den ersten Seewind des

Sommers um die Ohren sausen. Wir aßen Kartoffelsalat, während die Wellen gegen den Bug des Schiffes peitschten. Und wenn einem schlecht wurde, sah man hinaus aufs Meer.

So einfach war das.

Am Abend stieß der kräftige Bug mit einem leichten Ruck gegen den dicken Poller am Hafen. Wir waren da. Auf der anderen Seite des Meeres. In Dänemark!

Unser Ferienhaus war ganz aus Holz gebaut, mit einem reetgedeckten Dach und einer großen Terrasse. Drumherum erstreckte sich der weite, zaunlose Garten mit einer Schaukel. Auch das blieb immer gleich. Eine einfache Plastikschaukel mit sechs Löchern. »Pupslöcher« nannte mein Vater sie. Aber man konnte mit ihr sehr hoch schaukeln, fast bis zu den Wolken. Sobald wir aus dem Auto stiegen, suchten wir den Garten nach Höhlen und Verstecken ab. Sie waren nicht für uns, sondern für unsere Trolle bestimmt und blieben vor Erwachsenenaugen verborgen. Ein Haufen vermoderter Äste konnte für uns ein Schloss mit vielen Etagen sein. Glitschige Baumstämme mit ihren verästelten Wurzeln wurden zu Stallungen für die Trollpferde. Zum Mittag sammelten die Trolle kleine schwarze Beeren, die in Dänemark fast überall wuchsen. Mal gab es Beerenbrei, mal Beerenmus. Heute wäre Beerenbrei für mich dasselbe wie Beerenmus. Aber früher gab es gravierende Unterschiede. Beerenmus gab es nämlich nur zu besonderen Anlässen, auch wenn es genauso aussah wie Beerenbrei und so schmeckte. Alle Trolle stammten aus Dänemark und jeder von ihnen roch nach Marzipan.

Ich liebte den Autostrand. Die Dünen waren riesig und man konnte von ganz oben herunterspringen oder sich runterkugeln lassen. Außerdem gab es viele Hagebuttensträucher. Irgendwann entwickelte jeder von uns Kindern seine eigene Technik, wie man dem anderen am besten Juckpulver in den Kragen stopfen konnte.

Mit meinem Kescher fing ich viele tote Krebse und legte sie nebeneinander in die Sonne zum Trocknen. Manchmal vergaß ich sie auf unserer Terrasse, bis sie anfingen zu stinken. Dann wurde ich gezwungen, sie in die Abfalltonne zu werfen. Einmal schenkte mir meine Mutter zum Geburtstag Klarlack, mit dem ich die Panzer bestreichen konnte. Danach gefielen die Krebse sogar meiner Mutter. Aber mit nachhause nahmen wir sie trotzdem nie. Damals waren wir vier Kinder so klein, dass wir zusammen in den Kofferraum unseres Kombis passten. »Alle einsteigen!«, rief mein Vater und wir sprangen sofort hinein. Dann fuhr Papa den Wagen so herum, dass wir vom Kofferraum aus das Meer sehen und salzige Pommes essen konnten.

Wahrscheinlich ist das meine schönste Erinnerung an Dänemark. Jetzt lag ich hier in der Hängematte und grübelte über Nick nach und warum ich ihn vermisste.

Auch Nick besaß einen Hund, als er klein war. Und seine Familie fuhr auch jeden Sommer nach Dänemark. Die Quallen am Strand fielen mir wieder ein. Sie waren so groß wie Sonnenschirme und bedeckten das sandige Ufer. Ich sah wieder meine Cousins vor mir, wie sie sich stritten, wer zuerst über die Feuerquallen ins Meer steigen musste. Schließlich machten sie eine Mutprobe daraus. Wenn man über die wabbeligen, stechenden Quallenhüte gestiegen war und das Wasser erreicht hatte, war man gerettet.

Noch heute konnte ich den brennenden Schmerz unter meinen Füßen spüren, wenn man auf eine Qualle getreten war. Wenn man ausrutschte, verlor man von vornherein. Ausrutschen tat schrecklich weh. Danach konnte man bei den Mutproben nicht mehr mitmachen und musste nachhause getragen werden.

Ich fragte mich, ob Nicks Hund auch an einer langen

Laufleine angebunden war, wenn seine Familie in ihrem Dänemarkgarten ohne Zaun grillte. Vielleicht lief er übermütig tänzelnd mit seiner langen Leine um Nick herum und versuchte, eins der Würstchen zu schnappen.

Woher tauchten die Gedanken an Nick immer wieder auf? Warum blieben sie so lange in meinem Kopf und vor allem: Warum hörten sie nicht auf? Nick hatte manche Dinge erlebt, wie auch ich sie in Dänemark erlebt hatte. Beinahe kam es mir vor, als ob Nick eine Art Schlüssel für mich sei. Vielleicht der Schlüssel zu meiner Kindheit. Doch ob er die Tür zu meiner Kindheit öffnen oder schließen sollte, wusste ich nicht.

5 Players Night (Erinnerung 2)

Nick und ich trafen uns bei einem Basketballturnier wieder. Meine Mannschaft saß bereits vor der Halle am Bierzelt, als Nick mit einigen Jungs aus seiner Mannschaft in einem roten VW Golf vorfuhr. Ich erkannte ihn nicht gleich in seinem übergroßen Jogginganzug. Wir spielten nur zu viert und auch Nicks Mannschaft war nicht vollständig. Also schlossen wir uns zusammen. Schon beim Warmlaufen bemerkte ich, dass Nick ganz gut Basketball spielte und beinahe jeden Wurf im Netz versenkte. Ich machte eine anerkennende Bemerkung und als Nick mich anlächelte, fiel mir plötzlich der Abend bei Micha wieder ein.

Das Eröffnungsspiel gewannen wir und fuhren danach zurück zur Haupthalle. Dort breiteten wir unsere Isomatten aus und richteten Schlafplätze ein. Schon nach ein paar Minuten hingen überall nassgeschwitzte Trikots und Handtücher, die trocknen sollten. Nur zufällig drehte ich mich zu Nick um und sah, dass er seine Isomatte dicht an der Wand ausbreitete. In dem Gewühl von Pappbechern und rumfliegenden Klamotten packte er sein blumenbesticktes Kopfkissen aus und legte es ordentlich an seinen Schlafplatz. Ich lächelte still in mich hinein.

Als es dunkel wurde, holte ich die Kühltasche aus dem Auto. Sie war prall gefüllt mit Getränken. Sorgfältig überprüfte ich die Temperatur und setzte mich zu den anderen ans Festzelt, draußen vor der Halle. Hier fand an diesem Abend die große »Players Night« statt, eine legendäre Party, die oft bis zum Morgen andauerte. Draußen dämmerte es schon, doch am Grill war es noch frühlingshaft warm. Wir standen mit unserem Bier in der Hand mitten auf dem kleinen Vorplatz und unterhielten uns angeregt über unsere Spiele. Es war ein schöner Abend und die Stimmung schien gut und ausgelassen. Überall um uns herum wurde getanzt und wir stießen mit Leuten an, die wir nie zuvor gesehen hatten. Unser Kreis war mit der Zeit größer geworden. Ab und zu verschwand einer auf der Tanzfläche und kam so schnell nicht wieder. Auch Nick stand bei uns mit einem Bier in der einen und einem Würstchen in der anderen Hand. Jetzt bemerkte ich zum ersten Mal, wie schön ich Nicks Lachen fand. Sein Lachen, das bis zu den Augen reichte. Er stand mir gegenüber wie damals beim Spieleabend. Auch er schien mich nun zu bemerken. Als Nick aufgegessen hatte, fragte er mich schließlich, ob ich Lust hätte, ein wenig mit ihm spazieren zu gehen.

Wir unterhielten uns den ganzen Abend lang. Irgendwann hörten wir die Musik nur noch leise in der Ferne. Wir redeten über Dinge, die für niemand anderen interessant gewesen wären. Aber ich hörte Nick zu, als ob ich ihn schon ewig kennen würde. Es waren Kleinigkeiten, über die wir sprachen. Bilder auf unserem Taufbesteck und Farben der Halsbänder unserer Hunde. Und dann begann er von seinen Krebsjagden zu erzählen, als er noch klein war. Seine Geschichten kamen mir nur zu bekannt vor. »Hast du schon mal einen Krebs gefangen?«, fragte ich ihn und seine Augen weiteten sich vor Stolz. »Na klar! Einen riesigen Taschenkrebs, der sich im Sand eingebuddelt hatte. Ich hab ihn ausgebuddelt, ohne dass er mich zwicken konnte. Aber dann hab ich ihn zurück ins Wasser gesetzt. Er sollte nicht an Land sterben. Früher dachte ich, Krebse sterben ohne Wasser.« Vor mir sah ich einen riesigen Krebs, der zurück ins Wasser lief, und einen kleinen Nick, der vor den auslaufenden Wellen hockte und auf seinen Krebs aufpasste.

Es mussten Stunden vergangen sein, ehe wir zum Tresen zurückkehrten und die Musik wieder lauter wurde. Mir war es gar nicht so lange vorgekommen. Kaum einer tanzte noch, nur ein paar bewegten sich zu langsamer Musik. Nick zupfte mich sanft am Ärmel. »Wollen wir tanzen?«, fragte er und zog mich schon mit auf die Tanzfläche. Nach ein paar Umdrehungen, die gar nicht zu der langsamen Musik passten, hielt Nick plötzlich an und lachte: »Zum Glück kannst du auch nicht tanzen!« Ich sah auf den Boden, wo mein Fuß versehentlich auf seinem stand, und lachte zurück. Für einen Augenblick trafen sich unsere Blicke. Nick besaß ein ehrliches Lachen, ein wirkliches Lachen, das nicht viele Menschen besaßen. Ich wollte dieses Lächeln bei mir haben, denn es machte glücklich. Sanft zog ich ihn an mich heran und wir tanzten nun langsamer. Lange sahen wir uns an, einfach so, ohne etwas zu sagen. Mir fielen seine vielen Sommersprossen auf und ich strich vorsichtig über sie. »Eins, zwei, drei!«, zählte ich sie durch, »fünf, sechs … huch, hier war doch vorhin auch noch eine, wo ist sie denn hin?«, scherzte ich. Zaghaft zog Nick meinen Kopf näher zu sich heran.

Doch ich entzog mich ihm schnell und lächelte entschuldigend. Nick war einen Moment lang irritiert. Aber es trübte unsere Stimmung nicht und wir tanzten noch, bis es wieder hell wurde. Irgendwann bemerkten wir, wie leise es um uns herum geworden war. Die Musik spielte schon längst nicht mehr. Nick lächelte sein Nicklachen. »Vielleicht sollten wir noch ein Stündchen schlafen gehen, bevor wir wieder spielen müssen …«

Hand in Hand gingen wir zu unserem Schlafplatz. Die anderen schliefen längst und man musste aufpassen, dass man nicht versehentlich auf einen Arm oder ein Bein trat. Eine schwierige Angelegenheit, denn meine Schritte konnte ich nicht mehr so recht steuern. Vielleicht lag es am Bier oder weil ich so viel getanzt hatte wie nie zuvor in meinem Leben. Vielleicht war es auch bloß Glück, das mich taumeln ließ. Nick schien es ähnlich zu gehen. Doch zu guter Letzt fielen wir zielsicher auf unsere Isomatten.

Nick auf seine, ich auf meine. Gern hätte ich ihm erklärt, warum ich ihn nicht küssen wollte.

»Vielleicht später«, dachte ich und schlief, kaum hatte ich meine Gedanken zu Ende gebracht, glücklich ein.

Doch am nächsten Morgen war alles anders. Wir sprachen kaum miteinander. Manchmal versuchte ich mit Nick zu reden. Doch er sah an mir vorbei oder durch mich hindurch, als sei ich Luft. Wenn ich ihn nach belanglosen Dingen fragte, antwortete er nur knapp.

Was war nur passiert? Nick wirkte kühl, sein Lachen war anders. Es reichte nicht mehr bis zu seinen Augen, wenn er mich anschaute. Heute vermisste ich das Gefühl, ihn schon ewig zu kennen. Er war mir fremd.

Am Ende des Turniers verabschiedeten wir uns nicht.

Ich wusste nicht, ob ich Nick wiedersehen würde.

6 Schwarzer Rauch

Samstagabend und ich war allein zuhause.

Gerade wollte ich mir Wasser aufsetzen, um einen Asia-nudelsnack zu kochen, als ich hörte, wie sich die Kamin-türen zur Seite schoben. Ohne mich umzudrehen, wusste ich, dass es Rosti war. »Hi, bist ja wach!«, begrüßte ich ihn. Rosti klopfte sich die Asche aus seinem Fell. »Ich bin immer wach, wenn du in der Nähe bist. Ist dir das noch nie aufgefallen?« Nachdenklich schüttelte ich den Kopf. Dann wandte ich mich von der Herdplatte ab und ging zu Rosti hinüber. »Was ist los mit dir?«, fragte er etwas besorgt, »du schleichst so durch die Gegend.« Wahrschein-lich hatte mich Rosti schon länger durch die Fenster beob-achtet. »Nichts«, log ich. Aber Rosti kannte mich besser. »Denkst du schon wieder an Nick?« Energisch schüttelte ich den Kopf. »Nein …?« Rosti konnte ich nichts vorma-chen. Er wusste immer alles, bevor ich mir darüber im Klaren war. »Also los! Erzähl, was nun schon wieder pas-siert ist.« Ich gab auf. »Ach, eigentlich ist nichts. Hab nur nachgedacht.«

Rosti strich sich sein struppiges Fell glatt. »Nachgedacht also. Nick fehlt dir mehr, als du erwartet hast, oder?« Un-merklich holte ich Luft und zögerte meine Antwort hinaus. Insgeheim hoffte ich, würde genau in diesem Moment ein Fenster herausfliegen oder ein Ufo mitten in unserem Gar-ten landen, damit Rosti vergaß, mich weiter auszufragen. Aber nichts passierte. Also antwortete ich schließlich.

»Ja, irgendwie schon«, gab ich zu. »Mir ist gerade das Tur-nier in den Sinn gekommen, bei dem ich Nick wiedergesehen hab. Ich frag mich einfach, was dort falschgelaufen ist.« Rosti runzelte seine Stirn. »Du hast ihn nicht geküsst«, meinte er trocken. Nachdenklich sah ich zu Rosti hinüber. »Meinst du, daran lag es?« Einen Augenblick überlegte ich, ob Rosti Recht haben könnte. Aber ich verteidigte meinen Entschluss, Nick nicht gleich geküsst zu haben. »Küsst du denn gleich jeden?« Rosti strich sich etwas verlegen über seine schwarze Schnauze und antwortete nicht. Wieder drängten sich schmerzende Bilder in meinen Kopf und ich sah Nick vor mir, wie er meinen Kopf zu sich heranzog. Beinahe konnte ich seine Hände auf meiner Haut spüren, obwohl er tausende von Kilometern entfernt war. Rosti lächelte milde. »Schon gut, Janna. Erzähl schon weiter!« Heute wollte ich nichts von Nick erzählen. Es machte mich traurig, an ihn zu denken. Rosti kratzte sich mit dem kleinen Finger hinter seinem spitzen Ohr, als merkte er, dass er heute lieber nicht nachbohren sollte. Stattdessen riet er mir: »Janna, ich gebe dir jetzt mal einen Tipp.« Interessiert hob ich meinen Kopf und versuchte zu lächeln. »Manchmal hilft es, eine Zeit lang zu trauern. Aber danach sollte man versuchen, aus seinem Selbstmitleid wieder herauszukriechen.« Ich ließ meinen Kopf wieder sinken. »Guter Tipp«, bedankte ich mich matt. Doch Rosti hob mit all seiner Kraft meinen Kopf wieder hoch und sah mich direkt an. »Sehr guter Tipp!«, korrigierte er mich. »Und weißt du was?« Ich sah ihn gespannt an. »Es gibt noch einen besseren. Lenk dich ab! Denk an deine Freunde! Die sind noch hier!« Rosti ließ mein Kinn los. »Du hast Recht«, murmelte ich zustimmend.

Aber in meinem Kopf schwirrten zu viele Bilder von Nick herum. Sie mussten noch sortiert werden, bevor ich sie in die hinterste Schublade stecken und mich auf etwas anderes konzentrieren konnte.

Ich blickte durch das Küchenfenster hinaus in die Dunkelheit und sortierte ein erstes Bild von Nick. Sommersprossen tanzten über sein verschwommenes Gesicht. Er war ein besonderer Mensch. »Reichte das schon, um jemanden zu vermissen?«

»Wo sind deine Eltern eigentlich?«, durchbrach Rosti meine Gedanken. »Sie sind spazieren und kommen gleich wieder.« Rosti schnupperte in den Raum und hustete. »Dann solltest du schleunigst den Herd ausschalten, wenn du uns nicht vergiften willst.« Erschrocken sah ich mich um. Dichter Rauch stieg bereits bis zur Decke empor. »Oh nein, die Nudeln!« Der schwarze Rauch kroch langsam, aber unaufhaltsam durch die gesamte Küche und schließlich ins Wohnzimmer. »So ein Mist!« Schützend hielt ich meinen Ärmel vor die Nase und rannte zum Herd, nahm schnell den Topf von der Platte, schaltete sie aus und riss die Fenster auf. »Hab ganz vergessen, Wasser in den Topf zu schütten«, gab ich zu. Die Nudeln waren zu einem einzigen schwarzen Klotz zusammengeschmolzen. »Ich glaub, die kann ich vergessen.« Rosti hüstelte vorwurfsvoll und schloss die Kamintüren hinter sich zu. »Hey, du kannst doch jetzt nicht einfach gehen! Hilf mir lieber, den Rauch rauszukriegen!« »Meine Nase ist viel empfindlicher als deine«, hörte ich Rostis gedämpfte Stimme hinter den Kamintüren. »Du schaffst das schon.« Verärgert holte ich Tücher und wedelte den Rauch aus den Fenstern. »Jetzt hilf mir doch mal! Meine Eltern kommen gleich wieder.« Doch Rosti machte es sich auf seinem kleinen Aschehaufen gemütlich und sah zufrieden aus. »Endlich kommst du mal wieder in Schwung, Janna!«

7 Ikeahotdogs

Ich saß im Klassenzimmer, schaute auf die Uhr und zählte die letzten Sekunden. »Drei, zwei, eins, Schluss!« Schnell griff ich nach meinem Rucksack (meine Hefte hatte ich schon vor Stunden zusammengeräumt), stellte meinen Stuhl hoch, ehe mein Anatomielehrer etwas sagen konnte, und verschwand durch die Tür. Draußen stand mein Auto und wartete auf mich. Voller Vorfreude, in ein paar Minuten zuhause zu sein, schloss ich die Tür auf und wollte mich gerade hineinsetzen, als jemand laut hupend vor mir stehen blieb. Ich blickte auf und lachte. »Hey was machst du denn hier?« Mein bester Freund Jona kurbelte das Fenster seines schwarzen VWs herunter und rief: »Hi, kannst gleich wieder zuschließen. Ich wollte dich abholen. Wir fahren zu IKEA!« Ich zögerte kurz. Eigentlich musste ich nachhause und Anatomie lernen. Ach was soll's, dachte ich, zog den Schlüssel aus dem Zündschloss und schloss mein Auto wieder zu. »Fahren wir mit deinem Auto?« Jona nickte. »In deinem ist ja nie Benzin.« Er grinste über das ganze Gesicht. »Komm, steig ein, du darfst dir auch eine CD aussuchen, aber nicht deine Gute-Laune-Musik!« Ich ließ mich in den Beifahrersitz sinken und rückte die Kopflehne zurecht. »Was willst du denn bei IKEA?«, wunderte ich mich. »Ach ich brauche noch ein paar Weihnachtsgeschenke. Ein paar Bilderrahmen und so anderen Kram. Können ja noch einen Hot Dog essen. Ich nehme an, du hast noch nichts gegessen.« Das war eine gute Idee. Mein Bauch knurrte schon seit Stunden. »Weißt du denn eigentlich, wo es langgeht?«, fragte ich nebenbei und suchte in dem Handschuhfach nach Nimm 2 Bonbons. »Klar ist doch nur auf die Autobahn rauffahren und nach ein paar Minuten wieder runterfahren. War doch schon tausendmal da!« Beruhigt verwarf ich den Gedanken, nach einer Karte zu suchen, und wickelte meinen Bonbon aus. »Willst du lieber Orange oder Gelb?«, fragte ich und suchte schon nach einem orangen, weil ich wusste, dass er die lieber mochte.

»Sag mal, Jona, meinst du nicht, dass es noch etwas früh ist, um Weihnachtsgeschenke zu kaufen? Es ist schließlich April.« Jona steckte eine CD ins Radio. »Hab dieses Jahr keine Lust auf den ganzen Weihnachsstress. Ich dachte, ich fang schon mal früher an.« Ich nickte zustimmend. Insgeheim ahnte ich aber, dass Jona bloß Lust hatte, mal wieder mit mir zu IKEA zu fahren. Am Ende würden wir kein einziges Geschenk in den Händen halten, wie jedes Jahr. Ich kannte das schon. »Ach so!«, sagte ich nur und wickelte noch einen Bonbon aus. Jona stellte das Radio lauter und wir hörten Musik. Das schätzte ich so an ihm. Man musste nicht ununterbrochen reden und sich ständig neuen Gesprächsstoff ausdenken, bis man endlich am Ziel war. Mit Jona konnte ich schweigen, ohne dass es unangenehm war. Man konnte sich die anderen Autos angucken, die an einem vorbeifuhren und ein bisschen seinen Gedanken nachhängen.

Die Musik machte mich schläfrig, und kaputt von dem Tag döste ich ein. Im Halbschlaf merkte ich, wie mein Kopf zur Seite fiel. Es kostete viel Kraft, ihn jedes Mal wieder in Mittelstellung zu bringen. Als sich dann irgendwann auch noch automatisch mein Mund öffnete, wachte ich vor lauter Anstrengung, beides zu kontrollieren, wieder auf. Müde rieb ich mir die Augen. »Sind wir bald da?« Unsicher sah ich auf Jonas Radiouhr und schließlich fragend zu Jona. Er entgegnete meinem Blick achselzuckend und schien sich dann wieder ganz auf die Straße zu konzentrieren. »Du Jona? Wir fahren aber schon ziemlich lange, bist du sicher, dass du den Weg wirklich kennst?« Jona rieb sich nachdenklich das Kinn. »Ja ja, natürlich. Ich find nur im Moment die Ausfahrt nicht. Die müsste gleich kommen.« Unsicher sah ich aus dem Fenster. »Aber man kann die Rossmannfabrik gar nicht sehen. Die ist doch immer genau neben Ikea.« Jetzt sah auch Jona zweifelnd aus dem Fenster. Er grinste, als wir über eine lange Brücke fuhren und ich hinunter ins Wasser starrte. »Gibt's bei Ikea so viel Wasser in der Nähe?«, fragte ich zweifelnd und sah dem langen Kahn nach, der unter seiner schweren Last im Wasser zu ertrinken drohte. »Ich glaub, ich bin aus Versehen nach Hamburg gefahren«, sagte Jona unbekümmert und drückte noch mal auf die Lauttaste seines Radios. »Aber macht doch nichts, da gibt es bestimmt auch einen IKEA.« Ich schlug ihm auf die Schulter: »Bestimmt!«

Kurz vor zwanzig Uhr fuhren wir auf den völlig leeren Parkplatz. Kein Mensch wollte um fünf vor acht noch Möbel oder Bilderrahmen kaufen.

»Hamburg ist doch ganz nett, oder?«, fragte Jona entschuldigend und fuhr rückwärts in eine Parklücke, obwohl er sein Auto auch quer über drei freie Parkplätze hätte stellen können. »Wenn wir uns beeilen, schaffen wir es noch zum Hot-Dog-Stand.« Wir sahen uns an und rannten los. »Wer zuletzt da ist, muss bezahlen!«

Wir kehrten mit einer Tüte voller Hot Dogs wieder zum Auto zurück. Hinter uns wurden die Werbeschilder eingeräumt und die Türen verriegelt. »Das war knapp!« Triumphierend schwenkte ich die Hot-Dog-Tüte in der Luft umher. »Und was machen wir jetzt? Hast du etwa Lust, schon nachhause zu fahren?«, fragte ich Jona, der gerade mit seinem Kopf in der Hot-Dog-Tüte verschwunden war. »Nein«, hörte ich es aus der Tüte sprechen, »wir sind doch gerade erst angekommen.«

Ziellos fuhren wir durch Hamburg. Der Feierabendverkehr löste sich auf. »Wo wollen wir hin?«, fragte Jona.

»Keine Ahnung. Halt doch einfach hier!« Sofort bremste Jona, fuhr auf einen Parkstreifen an der Straße und schaltete den Motor ab. Wir standen mitten in einer Allee, hinter deren Bäume Wasser im Abendlicht glitzerte. »Park doch mal so, dass man aufs Wasser gucken kann!« Jona drehte den Schlüssel im Zündschloss wieder um und ließ das Auto einmal im Kreis drehen. Jetzt hatten wir eine herrliche Sicht auf das Wasser.

»Ich mach mal die Heizung an«, sagte Jona und drehte den Heizknopf auf die oberste Stufe. Heimlich steckte ich nun doch meine »Gute-Laune-CD« in den CD-Player, ohne dass Jona es merkte. »Mach doch mal das Schiebedach auf! Wenn wir schon Blick auf das Wasser haben, müssen wir auch die Sterne sehen können.« Ich stellte mir meinen Sitz bequem ein, legte meine Füße über das Handschuhfach und seufzte. »Herrlich!«

Jona suchte schon wieder nach einem neuen Hot Dog und zog ihn aus der Tüte. »Was ist denn das hier eigentlich für ein Fluss?«, fragte ich ihn und nahm mir auch noch einen Hot Dog. »Da fragst du mich was. Keine Ahnung, Donau vielleicht?« Ich sah auf den Fluss. Die Bäume spiegelten sich auf der Wasseroberfläche und die seichten Wellen ließen das Spiegelbild zerfließen. »Meinst du, die fließt durch Hamburg?« Jona lehnte sich aus dem Schiebedach. »Ja, bestimmt. Sieht doch aus wie die Donau, findest du nicht?« Ich hob die Gurke auf, die mir auf den Schoß gekleckert war. »Vielleicht! Aber fast alle Flüsse sehen aus wie die Donau«, antwortete ich.

Nun war es draußen stockdunkel. Durch das offene Schiebedach konnte man den sternklaren Himmel gut sehen, dafür war die »Donau« vor uns in der Dunkelheit verschwunden. Nachdem Jona endlos lange in den Himmel geguckt hatte und ich auf Repeat schaltete, um meine CD noch mal zu hören, sagte er plötzlich: »Guck dir das an, da ist der Große Wagen!« Ich folgte Jonas Finger, der aus dem Schiebedach raus in den Himmel zeigte. »Stimmt, und da der Kleine.« Jona grinste, »Quatsch, das ist der Bär!« Ich sah ihn fragend an. »So was gibt es auch?« Jona sah mich von oben herab an. Ich sagte lieber nichts mehr. Er hatte sowieso viel mehr Ahnung, was Sterne betraf, als ich.

Meine Füße fingen wie von allein an zu wackeln. Immer ein Zeichen dafür, dass ich müde wurde. Jona kannte das und er sagte nichts. Vielleicht merkte er es auch schon gar nicht mehr.

Ich hatte meinen Sitz so ausgerichtet, dass ich mich nicht einmal anzustrengen brauchte, um die Sterne sehen zu können. Der Himmel wirkte endlos und ich vergaß für einen Moment die Schule, meine Anatomieaufgaben und alles andere, was mich gerade beschäftigte. Heute hatte der Sternenwart kein einziges Teelicht vergessen. Die kühle Luft wehte mir durch meine Haare. Es war trotz der Heizung ein wenig kalt.

Auch Jona war plötzlich still geworden. Wahrscheinlich genoss er dieses kleine Stückchen Freiheit gerade genauso wie ich.

»Wie klein man eigentlich ist, oder?«, dachte Jona laut, »kleiner als diese winzigen leuchtenden Punkte dort oben. Kannst du dir das vorstellen?« Ich überlegte einen Moment und schüttelte dann stumm den Kopf. Die Musik passte zu den Sternen und Jona schloss seine Augen. Er summte leise zu meiner Gute-Laune-Musik.

Ich kannte Jona eigentlich schon seit meiner Geburt. Oder zumindest seitdem ich laufen konnte. Spätestens da hatten wir uns vor unseren Gartentüren getroffen. Wahrscheinlich war es ein Tag gewesen, an dem meine Familie grillte. Beim besten Willen konnte ich mich nicht mehr daran erinnern, wie unsere erste Begegnung gewesen war.

Dafür konnte ich mich an viele Dinge erinnern, die wir gemeinsam erlebt und durchgestanden hatten.

Auch jetzt, wo wir uns nicht mehr so oft sahen, erlebten wir alles irgendwie zusammen. Hier, an dem Fluss, der sicherlich nicht die Donau war, erkannte ich den großen Wert unserer Freundschaft. Für uns war dieser Fluss die Donau, weil er eben aussah wie die Donau. Es war egal, wie der Fluss nun wirklich hieß.

Doch wir saßen hier zusammen und konnten ein Stück Freiheit erleben. Wir wussten nicht, was uns die Zukunft brachte, aber hier zu sitzen und Hot Dogs zu essen kam mir beinahe wie ein Versprechen vor. Ich würde immer auf Jona zählen können, wenn ich ihn bräuchte. Egal, wo in der Welt er sich rumtriebe.

Jona öffnete die Augen wieder. Einen Moment lang hatte ich gedacht, er sei eingeschlafen. Doch er sah wieder ziemlich munter aus und griff mit der linken Hand beherzt ein weiteres Mal in die Hot-Dog-Tüte.

»Einen kann ich noch.« Er reichte mir auch noch einen, knüllte die Tüte zusammen und warf sie hinter sich auf die Rückbank.

»Komm, schlag ein!«, rief er und wir klatschten die Hot Dogs zusammen, sodass der Ketchup vom Brötchen kleckerte. »Auf uns!«, sagte Jona, »wer weiß, wann man wieder so einen Moment erleben kann!«

8 Der Fluss (Erinnerung 3)

Bilder sortieren, hatte ich zu Rosti gesagt. Jetzt lag ich auf meinem Bett und versuchte mich zu entscheiden, in welche Schublade ich diese Erinnerung stecken sollte. Wirklich ganz nach hinten in die unterste Schublade?

Damals lud mich Micha zu seinem Geburtstag ein. Wieder fuhr ich den langen Weg über die Autobahn. Diesmal dachte ich nicht darüber nach, wen von meinen alten Freunden ich wohl gleich wiedersehen würde. Mich beschäftigte etwas anderes. Seit dem Turnier hatte ich Nick nicht wiedergesehen. Wie würde er reagieren, wenn ich plötzlich vor ihm stehen würde?

Als ich an Michas Tür klingelte, öffnete er sogleich. »Janna, na endlich! Komm rein und schnapp dir ein Bier.« Einige Leute erkannte ich sofort wieder und sprach ein paar Worte im Vorbeigehen mit ihnen. Aber eigentlich hielt ich Ausschau nach Nick. Im Wohnzimmer konnte ich ihn nicht entdecken. Also beschloss ich mich am Büfett umzusehen. »Hey, du musst Janna sein, oder?«, rempelte mich plötzlich ein Mädchen an. Sie ließ mich gar nicht antworten. »Hab schon viel von dir gehört.« Sie musste aufpassen, dass die Erdbeerbowle bei ihren hektischen Bewegungen nicht über den Rand des Glases schwappte.

Einen Moment lang war ich überrascht. »Ach ja? Von Micha?«, fragte ich uninteressiert und eher aus Höflichkeit. Das Mädchen lächelte verheißungsvoll, so als ob ich noch einmal raten sollte. Ich tat ihr den Gefallen nicht, sondern war vielmehr daran interessiert, herauszubekommen, wo das Zazikibrot in ihrer Hand herkam. »Nee, von Nick!« Ich sah sie verdutzt und plötzlich sehr interessiert an. Sie reichte mir ein Glas Erdbeerbowle mit Vanilleeis. »Hier, probier mal, die ist richtig lecker!« Bevor ich fragen konnte, was Nick über mich erzählte, war das Mädchen schon wieder verschwunden und reichte jemand anderem Erdbeerbowle.

Anscheinend hatte mich Nick doch noch nicht vergessen. Selig lächelte ich in mich hinein. Von da an schaute ich immer nervöser auf meine Uhr und als Nick eine Stunde später immer noch nicht da war, überkamen mich langsam Zweifel, ob er überhaupt eingeladen wurde. Etwas enttäuscht nahm ich mir noch ein Glas Erdbeerbowle mit viel Vanilleeis und fand schließlich auch heraus, wo es Zazikibrot gab. Abwartend setzte ich mich in den Schaukelstuhl und wippte hin und her.

Ich hatte aufgehört, meine Schirmchen von der Erdbeerbowle zu sammeln und keinen Appetit mehr auf Zazikibrot, als Nick plötzlich vor mir stand. Meine Miene hellte sich augenblicklich auf und ich hoffte inständig, dass mein Kaugummi gegen den Knoblauch ankäme.

»Hey, du bist auch hier?«, fragte er erfreut und lächelte etwas verlegen. »Wie du siehst.«

Nick lächelte einfach sein Nicklächeln und alles war mir wieder vertraut. Wie bei unserem Wiedersehen auf dem Basketballturnier kam es mir so vor, als ob ich ihn schon ewig kannte. Wir unterhielten uns stundenlang und nahmen den Rest der Welt gar nicht wahr. Ab und zu kam das Mädchen mit der Erdbeerbowle vorbei und füllte unsere Gläser nach. »Was hältst du davon, wenn wir an den Fluss gehen?«, fragte mich Nick plötzlich. Seine Haare kitzelten an meinem Ohr, so nah war mir sein Gesicht. Er nahm meine Hand und zog mich durch die Haustür. Ich folgte ihm und wir gingen durch die kühle Nacht, kreuz und quer durch die ganze Stadt. »He, wir sind im Kreis gegangen, oder nicht?«, lachte ich. »Ach Quatsch, das kommt dir nur so vor«, grinste er zurück. »Ich wollte einfach noch ein bisschen länger mit dir allein sein. Aber guck, da vorn ist der Fluss schon. Hab ich zu viel versprochen?« Gespannt lehnte ich mich über das Geländer und guckte nach unten. »Das soll ein Fluss sein? Diese kleine Pfütze? Da kann man ja drin stehen!« Nick umfasste meine Hüfte und tat so, als ob er mich in den Fluss werfen wollte. »Ach ja? Na das können wir ja mal ausprobieren!« Lachend krallte ich mich an seinem Pullover fest. Sein Gesicht war so nah und ich fing seinen Blick auf.

Seine tanzenden Sommersprossen. Sein Nicklachen.

Lange betrachtete ich ihn glücklich und hielt seinen Pullover fest, als ob ich ihn nicht mehr loslassen könnte. Nick wollte mich küssen, ich spürte es. Verlegen drehte ich mein Gesicht zur Seite und tat, als sehe ich hinunter zum Fluss.

Ich hatte es nicht geplant, aber Nick holte einfach meinen Schlafsack aus dem Auto, klemmte ihn unter den Arm und sagte: »Du schläfst bei mir.« In dieser Nacht hatte ich Nick doch geküsst, obwohl ich lieber auf den richtigen Moment gewartet hätte. Ich gab ihm einen Erdbeerbowlekuss anstatt einen Kuss, an den er sich ein Leben lang erinnern würde. Die Chance, zu zeigen, wie besonders ein Kuss für mich war, hatte ich an diesem Abend wohl vertan.

Vielleicht waren wir uns deshalb am nächsten Morgen wieder fremd.

Nick war mir nicht mehr nah. Es kam mir vor wie ein Déjà-vu-Erlebnis.

Während der ganzen Autofahrt nachhause zerbrach ich mir den Kopf darüber, warum mir Nick mal unglaublich nah und einen Augenblick später so weit entfernt schien. Brauchte er Erdbeerbowle, damit sein Lachen nur mir galt? Fragen über Fragen jagten durch meinen Kopf. Je länger ich nachdachte, desto entfernter schienen mir die Antworten. Warum ließ ich zu, dass Nick mir langsam wichtig wurde?

Gedanken und Bilder sortieren … Für welche Schublade sollte ich mich entscheiden?

9 Die Angewohnheiten der Menschen

Der nächste Tag zog wie ein Schleier an mir vorbei. Ich erwartete die Dunkelheit, die Nacht und die Stille. Heute brauchte ich Rostis Rat mehr dem je. Um halb eins tappte unser Hund schlaftrunken die Treppe hinunter und legte sich in seinen Korb. Er war sofort eingeschlafen, noch bevor er überhaupt die Augen geschlossen hatte. Ich lauschte in die Nacht hinein. Nichts war zu hören, bis auf das Ticken des Zeigers meiner Uhr, die auf dem verrosteten Nagel hing. »Hoffentlich ist Rosti noch wach!« Leise schlich ich über den Teppich im Flur, blieb kurz stehen, um noch einmal in die Dunkelheit zu lauschen und schlich vorsichtig die Treppe hinunter. In der Küche suchte ich nach dem Handfeger und als ich ihn fand, pochte ich an Rostis Kaminfensterscheiben. Es dauerte eine Weile, bis ich Rostis Umrisse hinter den Scheiben erkannte. Leise quietschend öffneten sich die kleinen Türen. Rosti rieb sich schläfrig die Augen. »Was ist, Janna? Was willst du um diese Zeit?« »Dein Kamin sah so dreckig aus. Ich dachte, vielleicht müsste man ihn wieder sauber machen«, suchte ich nach einer Ausrede. Demonstrativ fuhr ich mit meinem Finger über den Kaminfensterrand. »Siehst du? Rabenschwarz!« Rosti sah mich an. »Was willst du wirklich?« Geschlagen setzte ich mich vor den Kamin und sah zu Rosti hinauf. »Ich kann nicht schlafen.« Rosti verschwand kurz in seinem Kamin, tauchte wieder mit einem Räucherstäbchen in der Hand auf und fegte die kleinen Aschekrümel feinsäuberlich mit seinen Händen zusammen, die neben den Kamin geflogen waren. Dann setzte er sich auf den Kaminrand und sah mich eindringlich an, bis er zu dem Schluss kam: »Du hast also wieder etwas auf dem Herzen?« Ich fühlte mich durchschaut und sah beschämt zu Boden. Rosti zog eine

Schachtel Streichhölzer aus seinem dicken Pelz und entzündete eines mit bloßer Hand. »Vanille, zur Entspannung. Manchmal wirkt das ganz gut«, sagte er und entflammte das kleine Räucherstäbchen. Die Flamme erlosch nach wenigen Sekunden und wehte einen rauchenden Faden in die Luft, der nach Kerze und kaum nach Vanille roch. Still saßen wir da und beobachteten das Räucherstäbchen. Erst als Asche von dem Stäbchen fiel und es einige Zentimeter an Größe verlor, hielt ich die Stille nicht mehr aus.

»Als Nick noch hier war, hab ich ihn nie vermisst«, fing ich an und ließ den Handfeger unauffällig hinter meinem Rücken verschwinden. Rosti hob seinen Kopf und pustete leicht gegen das Räucherstäbchen. Die kleine Flamme loderte wieder auf. »Doch jetzt, wo er weg ist, muss ich ständig an ihn denken.« Rosti schnippte die Glut ab und sah mich an. »Das ist normal, Janna. Meistens merkt man erst, wie wichtig ein Mensch ist, wenn er fort ist und man es ihm nicht mehr sagen kann.«

Traurig erzählte ich Rosti von Michas Party. »Ich hab Nick geküsst, obwohl ich es doch nicht wollte.« Er hörte geduldig zu und unterbrach mich nicht, bis ich meine Geschichte beendet hatte. Er schien zu überlegen und drehte einen Aschekrümel in seinen Händen, bis diese ganz schwarz wurden. Vielleicht suchte er nach einem Rat, den er mir geben konnte.

»Manchmal überleg ich, was Nick fühlte, wenn ich bei ihm war.« Rosti sah mich fragend an. »Was erhoffst du dir denn?«

Was ich mir erhoffte? Auf so eine schwierige Frage konnte ich nicht sofort antworten.

Suchend sah ich mich eine Weile im Wohnzimmer um. Viel Staub lag auf der Mattscheibe des Fernsehers. Viel mehr als sonst. Ich verspürte plötzlich große Lust, mit den Fingern eine Sonne in den Staub hineinzuzeichnen.

»Wenn ich das wüsste«, antwortete ich endlich, »dann säße ich jetzt bestimmt nicht hier, sondern würde oben in meinem Bett liegen und selig schlafen.«

Nun fing auch ich an, die Asche von dem Räucherstäbchen zu schnipsen und roch das erste Mal die würzige Vanille. »Warum ist Nick einfach gegangen, ohne sich zu verabschieden? Er kann mich doch nicht so im Ungewissen zurücklassen!« Grübelnd sah ich dem dünnen Rauchzug nach, der sich irgendwo in der Luft verlor. Nie konnte ich die Stelle ausfindig machen, wo exakt er sich teilte und dann schließlich auflöste.

Auch Rosti sah dem dünnen Rauchzug nach und sagte mehr zu sich selbst: »Manche Menschen vergessen, was sie wirklich erlebt haben. Sie füllen die Lücken gern mit ihrer eigenen Fantasie auf, sodass die Erinnerungen wieder passen.« »Was meinst du damit?«, fragte ich skeptisch. »Kannst du dich an Nick erinnern, wie er dir am Fluss gegenüberstand?« »Worauf willst du hinaus? Klar kann ich das!« Rosti unterbrach mich, bevor ich weiterreden konnte. »Kannst du mir sagen, was du damals gefühlt hast? Fühlte es sich anders an als jetzt? Wie schaute Nick aus, wenn du ihn ansahst? Wie verhielt er sich? Wollte er dir sagen, dass er dich mag? Wie fühlte sich euer Kuss an? Steckte Liebe darin?« Rosti reihte eine Menge Fragen auf, und ich kam gar nicht so schnell hinterher, sie mir alle zu beantworten. Schließlich entgegnete ich: »Darüber hab ich mir nie Gedanken gemacht.« Die Wahrheit war tatsächlich, dass ich keine dieser Fragen beantworten konnte. Wenn ich ehrlich war, hatte ich manches wirklich vergessen.

»Ausgedachte Dinge sind oft viel schöner als die tatsächlich erlebten. Sie passen besser zu unseren Wünschen und Sehnsüchten«, lenkte Rosti ein. Schnell versuchte ich doch noch einige Fragen zu beantworten. Wie sah Nick aus, als er mir auf der Brücke gegenüberstand? Sah er aus, als ob er verliebt war oder wie jemand, der Lust auf einen Kuss hatte? In Gedanken sah ich Nick mit seinen strahlenden Augen vor mir. Die kleine Sommersprosse auf der Nase sah aus, als tanzte sie fröhlich. Ohne dass ich meine Gedanken laut geäußert hätte, entgegnete Rosti plötzlich: »Siehst du, Janna, genau das meine ich. Fröhlich tanzende Sommersprossen passen schön in Erinnerung. Hat er überhaupt eine Sommersprosse auf der Nase?« Rosti schwieg eine Weile, als ob er überlegte, wie er seinen Gedanken beenden sollte. »Gerade diese kleinen Dinge, von denen man nicht mehr weiß, ob man sie wirklich erlebt oder gesehen hat oder ob sie vielleicht doch nur der Fantasie entsprungen sind, tun in der Erinnerung am meisten weh.«

Das Räucherstäbchen war fast niedergebrannt, doch der Rauch stieg immer noch bis zur Decke empor.

»Meinst du, mir könnte so was passiert sein?«, fragte ich vorsichtig nach.

Rosti lächelte milde und zuckte mit den Schultern. »Es sind Angewohnheiten der Menschen, von denen ich gesprochen hab.« Ich ließ den Abend an dem kleinen Bach noch einmal vor meinem geistigen Auge Revue passieren. Vor mir konnte ich die Brücke erkennen. Sie war klein und schmal, darunter der Fluss. Noch einmal sah ich in Gedanken in die Tiefe hinab und schwankte ein wenig, wie damals.

»Denk ich mir wirklich Sachen aus, die gut passen könnten?« Ich stellte mir jede einzelne Situation vor und setzte sie zusammen wie ein Puzzle. Sie passten haargenau. Doch als ich fertig war und kein Puzzleteil mehr in den Händen trug, sah das Bild auf dem Puzzle ganz anders aus als auf der Verpackung. Es stellte kein Bild dar, sondern eher ein buntes, farbenprächtiges Durcheinander, einem Mosaik gleichend, auf dem nichts zu erkennen war.

»Großartig, Janna«, stellte ich ernüchternd fest.

Ob Nick alles ganz anders erlebt hatte als ich?

Rosti rieb sich den Schlaf aus den Augen. Er schien müde geworden zu sein und auch ich spürte, wie die Müdigkeit langsam in mir hochstieg.

»Wollen wir schlafen gehen?«, fragte Rosti und ich nickte zustimmend. Er schnippte die letzte Asche vom Räucherstäbchen, ehe es von sich aus erlosch. Ein letzter kleiner Rauchzug in dieser Nacht zerlief in der Luft und verschwand.

Als ich in meinem Bett lag, dachte ich noch lange darüber nach, was Rosti mir über die Angewohnheiten der Menschen erzählte hatte. Musste ich mich etwa dazuzählen, nur weil ich tanzende Sommersprossen auf Nicks Nase sah? In meinen Gedanken formte sich ein Bild von ihm zusammen. Ich ließ es entstehen. Als es fertig war, betrachtete ich es prüfend. War das nun Nick, wie er vor mir gestanden hatte?

Bevor ich einschlief, nahm ich mir vor, meine Gedanken um Nick nicht mehr zu beschönigen. Ich wollte versuchen, die Dinge so zu sehen, wie sie wirklich waren.

10 Kreuzende Enten (Erinnerung 4)

Ich saß bei Nick in der Küche. Er schnippelte Gurken, briet Hühnchenfilets und streute sie über den Salat.

»Was machen wir heute Abend? Hast du dir schon was überlegt?«, fragte er mich kauend. Mir schwebte ein gemütlicher Videoabend zu zweit auf der Couch vor, vielleicht mit ein oder zwei Cocktails. In Gedanken sah ich schon Nicks Arm um meine Schultern liegen, während wir einen Film sahen. Natürlich erwähnte ich das mit keinem Wort.

»Wir können ja ein paar von deinen Freunden anrufen und fragen, ob wir irgendwo zusammen was trinken gehen«, schlug ich stattdessen vor, in der Hoffnung, dass Nick von selbst auf den Gedanken kam, lieber etwas allein mit mir unternehmen zu wollen.

»Gute Idee! Frag gleich mal ein paar Leute!« Meine Seifenblase zerplatzte augenblicklich. Ich hätte mich ohrfeigen können und kaute hundertmal auf einem Stück Fleisch herum, bis ich es endlich herunterschluckte.

Nick räumte das Geschirr vom Tisch. Es kam mir wie in Zeitlupe vor. Trotzdem schaffte ich es nicht, irgendwas zu sagen, was unseren Abend zu zweit hätte retten können. Also sah ich machtlos mit an, wie er schließlich zum Hörer griff und die erste Nummer wählte.

Nachdem er viermal aufgelegt und wieder abgenommen hatte, meinte er: »So, jetzt wissen alle Bescheid. Cocktails trinken ist doch in Ordnung, oder?« Meine letzte Hoffnung, Nicks Freunde hätten vielleicht keine Zeit, schwand dahin.

»Toll«, murmelte ich und würgte den Fleischkloß hinunter, der in meinem Hals stecken geblieben war.

»Und jetzt?«, fragte Nick fröhlich. »Wir haben noch Zeit. Lust auf eine Partie Schach?« Ich merkte, wie der Fleischbrocken in meinen Bauch plumpste. Früher hatte ich einmal versucht, gegen unseren Computer Schach zu spielen. Als er mich schon nach dem dritten Zug geschlagen hatte, wollte ich nie wieder etwas mit diesem Spiel zu tun haben. Mein Interesse an den Holzfiguren war gänzlich verflogen und wenn ich an den Elan dachte, mit welchem Nick Siedler spielte, wusste ich, was auf mich zukommen würde. »Schach?«, fragte ich entgeistert. Es war so ziemlich das Letzte, worauf ich jetzt Lust hatte. »Meinetwegen. Aber ich hab keine Ahnung, wie das geht«, sagte ich in der Hoffnung, dass Nick kein Interesse daran hatte, mir dieses komplizierte Spiel zu erklären. Doch heute schien nicht mein Glückstag zu sein.

Nick holte das Schachbrett vom Regal. »Das macht nichts, ich zeig es dir.« Die Schachpartie war nicht mehr abzuwenden, also gab ich mich geschlagen. Wenn ich zu diesem Zeitpunkt gewusst hätte, wie lange so ein Spiel dauern kann, hätte ich niemals zugesagt.

Nick stellte das riesige Brett auf den Boden. Es sah nicht nach viel Spaß aus und schon gar nicht danach, dass ich in den nächsten Stunden heimlich ein Stückchen näher an Nick heranrutschen könnte.

Nick beobachtete mich belustigt. Hoffentlich merkte er mir meine Gedanken nicht an. Er wirkte so begeistert, dass ich mich nicht traute, ihm zu sagen, dass ich keine Lust hatte zu spielen.

Nicks Lachen wurde immer breiter. »Du hast keine Lust, oder?«, und ohne meine Antwort abzuwarten, schnappte er mich und warf mich einfach um. Ich verlor das Gleichgewicht und landete auf dem Sofa. Nick grinste immer noch auf seine fröhliche Nickart. Dann hielt er mir die Augen zu und gab mir einen Kuss. Genauso schnell, wie er mich umgeworfen hatte, stand er auch schon wieder auf. Ich stattdessen blieb auf dem Sofa liegen und wusste nicht, wie mir geschah. Sein Kuss irritierte mich, denn genau so einen Kuss hätte ich ihm gerne geschenkt. Einen besonderen Kuss, den man noch Jahre später nachfühlen konnte. Doch was bedeutete dieser Kuss für Nick? Er blieb mir eine Antwort schuldig.

»Na los, du darfst anfangen«, rief Nick, als wäre nichts Außergewöhnliches passiert. Aufs Schachspielen konnte ich mich nun gar nicht mehr konzentrieren. Teilnahmslos schob ich die Figuren in irgendwelche Richtungen und wusste nicht, warum Nick sie einfach vom Schachbrett kickte. Er schien den Kuss schon wieder vergessen zu haben, denn er konzentrierte sich ganz aufs Spiel und schob meine Figuren eine nach der anderen vom Feld. Seinen König bewachte er mit Argusaugen. Brauchte er gar nicht. Ich wusste eh nicht, wie man ihn besiegen konnte.

Bestimmt hätte er meinen König schon locker ein paar Runden zuvor Schachmatt setzten können. Aber Nick tat es nicht. Wollte er das Spiel absichtlich in die Länge ziehen, damit ich nicht näher an ihn heranrücken konnte, oder wollte Nick mir eine Chance geben?

Das Spiel dauerte ewig. Draußen dämmerte es schon und die Laternen gingen an. Gerade als wir die Figuren zurück in die Kiste packten, klingelte es an der Tür. Nicks Freunde, dachte ich und blieb allein im Zimmer zurück, während er die Tür öffnete.

Auf dem Balkon stehend betrachtete ich das Licht der Laterne, die an der Straßenecke stand. Zögernd ließ ich das Balkongeländer los und ging zurück ins Zimmer. Dort blieb ich vor Nicks Regal stehen. Ein kleiner brauner Teddy mit roter Schleife saß auf dem Brett. Vorsichtig hob ich ihn hoch. Das Sofa stand im Dunkeln. Man sah es vom Regal aus kaum. »Wer weiß, wozu es gut ist, jetzt keinen Abend zu zweit zu verbringen«, sagte ich zu dem Teddy und zog geschlagen meine Turnschuhe an. Nicks Kopf tauchte in der Tür auf. »Können wir los?« Ich nickte.

Wir mussten ein Stück durch die Altstadt gehen und kamen an dem kleinen Bach vorbei, an dem mir Nick nach der Party die Sterne gezeigt hatte. Diesmal machte Nick keine Anzeichen, mich über das Geländer schubsen zu wollen, als wir über die Brücke gingen. Und er hielt auch nicht an, um sich mit mir die Sterne anzusehen.

Für Nick hatte dieser Platz offenbar keine Bedeutung.

Einen kurzen Moment blickte ich hinunter ins Wasser. Es kräuselte sich leicht und ich konnte mein Spiegelbild etwas verzerrt erkennen. Niemand merkte, dass ich stehen blieb. Nur eine Ente, die gemächlich über den kleinen Bach schwamm und am anderen Ufer unbekümmert wieder ausstieg. Vielleicht erhoffte sie sich Brotkrumen.

Erst nachts um drei verabschiedeten wir uns von den anderen und gingen zurück zu Nicks Wohnung. Die Ente war nun nicht mehr zu sehen. Vielleicht schlief sie schon.

Von der Nacht, die ich zusammen mit Nick verbrachte, wusste ich nicht mehr viel. Dunkel erinnerte ich mich daran, wie er seinen Arm um mich legte und protestierte, dass ich beim Schlafen die Socken anließe. Lachend versuchte Nick mir die Socken auszuziehen, während ich energisch mit den Füßen strampelte, um es ihm zu erschweren.

Vielleicht sind wir danach eingeschlafen.

11 Am Kran

Endlich hatte der Frühling begonnen! Die ersten Blätter sprossen an den noch schwachen Ästen. Ich stand im Garten und sog die warme Luft ein. Die Vögel zwitscherten und fingen an, ihre Nester zu bauen. Draußen auf der Straße war viel los. Kleine Kinder holten ihren verstaubten Ball aus dem Keller und bolzten auf der Straße. Mein Nachbar wusch sein Auto mit viel Schaum mitten auf dem Garagenplatz. Er grüßte mich flüchtig und widmete sich dann wieder seinem Auto. Es war Anfang Mai. Überall krochen Menschen aus ihren Löchern. Es war schön zu beobachten, wie alles Leben auf einen Schlag wieder erwachte.

Ich stand am Gartenzaun und wartete auf meinen Vater. Endlich sah ich unser Auto um die Ecke biegen. »Janna!«, rief mir mein Vater entgegen und sein Kopf erschien aus der Autofensterscheibe. Eifrig winkte er mir zu. »Ich bin fertig.« Schnell zog ich mir meine Sommerjacke über, die ich beim Warten über den Zaunpfahl gehängt hatte, schob den Hund zur Seite und setzte mich neben meinen Vater ins Auto. Heute wollten wir unser Boot ins Wasser setzen. Es war Zeit, endlich wieder zu segeln.

Das Schiff stand glänzend und frisch gewaschen vor mir und freute sich, zurück ins Wasser zu kommen. Auch eine neue Badeleiter baumelte am Schiff. Das Metall der Leiter glänzte im Licht. Es schimmerte ein bisschen, wie die Strahlen der Sonne, wenn sie auf das Wasser trafen.

»Jetzt kann die Badesaison wieder beginnen«, rief ich meinem Vater freudig zu, als wir vor der Krananlage anhielten. Lächelnd stieg er aus dem Auto, warf die Pfänder zurück auf das Schiff, die sich während der Fahrt gelöst hatten, und schnürte die Seile über dem Bug noch einmal kräftig zu.

Der Mann am Kran überreichte uns zwei schwere Gummiriemen, die wir um den Schiffsbauch legten und befestigten. Der Kran hob unser Schiff vom Trailer. Unsicher schaukelte das Boot in der Luft hin und her und bewegte sich langsam Richtung Wasser. Als der Bug die seichten Wellen berührte, fühlte es sich sichtlich wohler. Hier konnte es sich mühelos ausbalancieren. Bevor ich aufs Boot stieg, holte ich ein Glas und ein Stück solide, feste Pappe aus dem Auto und überreichte sie meinem Vater. »Hier, für die Spinnen!« Mein Vater lächelte und machte sich schweigend auf den Weg zum Boot. Dort fing er einzeln alle großen Spinnen ein, die sich über den Winter eingenistet hatten, und transportierte sie mit einem grazilen Sprung zurück auf den Steg. Erst, als er mir versicherte, keine Spinne mehr zu finden, traute ich mich aufs Schiff und wir konnten den Mast aufrichten. Innerhalb weniger Minuten stand der Mast wie eine eins.

Endlich konnte unser erster Segeltörn in dieser Saison beginnen.

Es war angenehm warm für den Frühling und ich schwitzte sogar ein bisschen in meiner Sommerjacke. Also holte ich mir ein dickes Polster aus der Kajüte, legte es nach draußen auf die Bank und machte es mir darauf gemütlich. Mein Vater übernahm das Kommando. Geschickt hantierte er mit der Pinne und dem Großsegel gleichzeitig und gab sich Mühe, das Boot nicht in Schieflage zu bringen.

Segeln war für mich immer ein Stück Freiheit gewesen. Ich liebte es, wenn die frische Luft einem ins Gesicht blies, die Stille und das leichte Plätschern des Wassers. Ab und zu, wenn der Wind stärker wurde, spritzte Gischt über den Bug ins Gesicht. Die Tropfen schmeckten nach Algen und Moor.

Wir kreuzten ein anderes Schiff, einen Zugvogel aus Holz, von dem aus ein kleiner Junge mit einem Kopfsprung zu zwei anderen Kindern ins Wasser sprang. Eines der Mädchen schrie erschreckt auf, weil sie etwas am Bein gekitzelt hatte. Ich kannte ihr Spiel. Früher hatte ich es auch immer gespielt. Immer, wenn einem eine Wasserpflanze am Bein berührte, schrie man auf und schwamm so schnell man konnte zum Boot zurück, an das man sich festhalten und retten konnte. »Zitteraale, Zitteraale!«, rief sie und die anderen beiden Kinder schwammen blitzschnell zur Badeleiter, um in Sicherheit zu sein.

Neidisch beobachtete ich, wie die Kinder aus Pflanzen Zitteraale erfanden.

Ich konnte ihr Spiel nicht mehr mitspielen. Es gab keine Zitteraale in diesem See. Irgendwann konnte ich sie mir nicht mehr vorstellen. Wenn ich die Kinder sah, vermisste ich die Zeit, als man noch Pirat und König zugleich sein konnte.

Nick erzählte mir einmal, wie sehr er Boote mochte. Als er klein war, ist er öfter mit seinen Eltern über das Mittelmeer gesegelt. Dort gab es bestimmt keine Zitteraale, sondern Haie.

Kurz stellte ich mir vor, wie Nick mir die Krone zurückbrachte, die ich verloren hatte und ich wieder König sein konnte. Ich drehte mein Gesicht zur Seite, rückte das Polster unter meinem Kopf wieder zurecht und schaute über das Wasser.

Die Ufer waren in Nebel getaucht und man sah sie nicht. Der See wirkte groß und weit wie das Meer.

Immer noch dachte ich an Nick. Aber irgendwie fehlte er mir hier auf dem Wasser nicht.

Ich sah hinüber zu meinem Vater, der an der Pinne saß und das Boot lenkte. Er hatte seinen Segelhut aufgesetzt und seine Waterprooftasche eng an seine Hose geschnürt.

Mein Vater war der beste Segelpartner, den ich mir vorstellen konnte.

12 Lernkarten

Mein Zwischenexamen stand vor der Tür und ich hatte noch einen Sonntag Zeit, um alle möglichen Krankheitsbilder und Muskeln in meinem Hirn abzuspeichern. Mein Kopf war voll und langsam bekam ich Angst, mein Wissen würde mir einfach aus den Ohren wieder herauspurzeln, wenn ich weiterlernte. Im Geiste verfluchte ich mich, dass ich die Ausbildung zur Physiotherapeutin überhaupt angefangen hatte. Am Montag begann die erste Prüfung in Anatomie. Obwohl ich früh mit dem Lernen anfing, kam es mir viel zu viel vor. Alles behalten konnte ich auf gar keinen Fall. Nun lag ich mit meinen Lernkarten in der Badewanne. So konnte man lernen und sich waschen, ohne dass man Zeit vergeudete.

Es war spät abends und ich kämpfte gegen die Müdigkeit. Wacker öffnete ich immer wieder ein Auge und las eine Karte, deren Text ich kaum noch verstand. Als ich schließlich einnickte, lockerte sich mein Griff um die Karten und eine nach der anderen fiel im Zeitlupentempo ins Wasser. Fassungslos schaute ich den Karten nach. Erst lagen sie im Schaum. Schnell sogen sie das Badewasser auf und ein dünner blauer Farbfaden zog durch das Wasser. Erst dann gingen sie unter.

Auf einmal floss mein Blut in einem Schwung zurück in mein Gehirn und ich konnte endlich reagieren. Die ersten geretteten Karten versuchte ich noch trockenzupusten, doch die Tinte zerlief nur noch mehr. Die Karten sahen aus wie Pustebilder, die ich damals in der Grundschule gemalt hatte.

Hoffnungslos sank ich zurück gegen den Badewannenrand.

Es hatte so lange gedauert, diese blöden Karten zu schreiben. Vorbei war es mit der Erholung in der Badewanne.

Mit meinem Haufen tropfender Karten in der Hand stieg ich aus der Wanne und versuchte zu retten, was noch zu retten war. Eilig legte ich die Karten nebeneinander auf den Tisch, tupfte sie ab und versuchte den Rest mit Mamas Föhn zu trocknen. Bestimmt wäre es einfacher gewesen, wenn ich die Karten noch mal geschrieben hätte. Aber es ging ums Prinzip.

Den Rest der Nacht verbrachte ich damit, auf meine verschmierten Karteikarten zu starren. Mir kam der verlockende Gedanke, die Ausbildung abzubrechen und meine Karten in den Müll zu werfen. Aus irgendeinem Grund wiederstrebte mir diese Ausbildung. Sie war nur mit Strapazen und mit wenig Freude verbunden. Ich wollte sie einfach nicht mehr ertragen.

Am nächsten Morgen wachte ich mit einem riesigen Tintenkleks im Gesicht auf. Ich war wohl auf den Karteikarten eingeschlafen.

Auf meinem Bauch zeichneten sich Nesselfieberpunkte ab, die ich immer bei Stress bekam.

Nach der ersten Prüfung fuhr ich schnell wieder nachhause, um weiterlernen zu können. Es ging nichts mehr in meinen Kopf hinein. Am Schlafengehen hinderte mich einzig mein schlechtes Gewissen. Also lernte ich den ganzen Tag und die ganze Nacht, ohne etwas zu behalten.

13 Vom Leben erzählen

Eigentlich wollte ich Rosti nichts von den vermasselten Prüfungen erzählen.

Nun aber fand ich mich doch schluchzend vor seinem Kamin wieder.

»In mein Hirn geht nichts mehr rein, es schwappt schon über!« Rosti schüttelte sein dichtes Fell, das nun zu allen Seiten abstand. »So schlimm wird es schon nicht sein!« Ich verbarg mein Gesicht unter meinen Händen, um zu verbergen, wie sich meine Augen mit Tränen füllten. »Ich kann einfach nicht mehr, nichts geht mehr.« Irgendwann fasste ich mich wieder ein bisschen und blickte zu Rosti, der auf dem Kaminfensterrand saß und zu mir herunterblickte. »Am liebsten würde ich alles hinschmeißen und machen, was mir Spaß bringt. Verreisen, Basketballspielen, mal wieder lachen. So lange schon hab ich nicht mehr richtig gelacht. Ist dir das mal aufgefallen?« Ich nahm einen kräftigen Schluck Wasser aus der Flasche, die neben mir stand. »Ist das hier alles, was ich vom Leben zu erwarten hab?« Rosti lehnte sich zurück und ließ sich in den Kamin plumpsen. Dann setzte er sich auf seinen Aschehaufen. Wahrscheinlich ahnte er, dass sich unser Gespräch noch eine Weile hinziehen würde. Ich ließ Rosti kaum zu Wort kommen. Zwischen meinen Schluchzern hörte ich ihn Luft holen. Aber er sagte nichts. Geduldig hörte er sich alles an. Der ganze Stress der letzten Wochen sprudelte plötzlich aus mir heraus. Zermürbende Traurigkeit, weil Nick gegangen war. Hoffnungslosigkeit, weil nichts so lief, wie ich es mir vorstellte. Ärger wegen vermasselter Prüfungen und Einsamkeit, weil niemand hier war, der mir half, weiße Wolken zu sehen, wenn ich auf den Boden gefallen war.

Ich gehörte nicht in diese Welt, die sich vor mir aufbaute.

Rosti rutschte von seinem Aschehaufen herunter. »Ich kann dich verstehen«, sagte er schließlich. »Man sieht dir schon seit geraumer Zeit an, dass du nicht glücklich bist.« Ich zog an meinem Schnürband, bis sich die Schleife löste. Dann schnürte ich meinen Schuh mit einem Doppelknoten wieder zu.

»Ich will wieder lachen, Rosti. Lachen ist das Wichtigste, was ich hab. Ich hab Angst, man nimmt es mir einfach weg.« Mein Taschentuch war schon ganz zerknautscht. Trotzdem schniefte ich noch einmal hinein.

Rosti gab es auf, etwas einzuwenden. Stattdessen versuchte er mit einem kleinen Plastikkamm, einen ordentlichen Scheitel in sein Fell zu ziehen. Eine Weile sah ich ihm dabei zu und fuhr automatisch durch meine Haare. Sie waren total zerstrubbelt. Vielleicht sollte ich mich auch mal wieder kämmen. Aber irgendwie passte dieser Look auch ganz gut zu meinen schwarzen Augenrändern. »Man müsste seine Träume leben dürfen.« Schnell reichte mir Rosti ein frisches Taschentuch. »Was ist, wenn mir das Leben nicht das bieten kann, was ich von ihm erwarte?« Meine Ausbildung zeigte mir, wie schnell man über den ganzen Stress vergessen konnte, was man eigentlich wollte. So was sollte nicht passieren.

»Ich will die Welt kennen lernen, Rosti! Stattdessen muss ich mich mit dieser fürchterlichen Ausbildung herumquälen. Ich fühle mich so einsam.« Rostis kleine Hand hielt sich an meiner Schulter fest. »Janna, nun beruhige dich mal! Vielleicht sieht alles schon ein wenig anders aus, wenn deine Prüfungen vorüber sind.«

Rosti überlegte, wie er mir helfen konnte. Nachdenklich kratzte er sich mit dem Zeigefinger an seinem kleinen Kinn. Wie ein Haufen Elend saß ich vor seinem Kamin und wusste selbst nicht so genau, was mir fehlte.

»Janna, wenn du so weiterweinst, kriegst du nur wieder Nesselfieber. Steck mal dein Taschentuch ein!«

Rostis Augen waren zu kleinen, nachdenklichen Schlitzen verzogen. »Gerade jetzt bist du voller Tatendrang und willst was erleben. Dann ist es besonders schwer, sich nur auf eine Sache zu konzentrieren. Deine Ausbildung hat im Moment Vorrang. Aber glaub mir, die Welt wirst du trotzdem noch kennen lernen.«

Ich zog mein Taschentuch aus meiner Hosentasche und faltete es auseinander. Mit voller Kraft blies ich hinein. Rosti sah mich streng an. Schnell stopfte ich mein Taschentuch zurück in die Hosentasche.

»Wer weiß, Janna. Vielleicht bist du irgendwann froh, dass du diese Ausbildung gemacht hast.« Daran zweifelte ich momentan noch. »Kann sein. Ich muss jetzt jedenfalls weiterlernen.«

Aufmunternd klopfte mir Rosti auf die Schulter. »Schlaf lieber ein bisschen. Jetzt noch zu lernen bringt nichts mehr.«

Ich lächelte zurück und nickte gehorsam. »Vielleicht lern ich ja im Schlaf.«

14 Rampenlicht (Erinnerung 5)

Es war mitten in der Nacht. Ich kam von einer Party und wartete nun unter einer Laterne auf meine Schwester, die mich abholen wollte. Kein Mensch war mehr auf der Straße zu sehen. Alles schien zu schlafen. Die ganze Stadt war in Dunkelheit gehüllt. Nur ich stand im Hellen, im Rampenlicht, so kam es mir vor. Die Laterne leuchtete genau auf den Flecken, auf dem ich stand. Ich genoss die Stille, die Ruhe um mich herum. Man konnte die Sterne zählen, so klar und wolkenfrei war der Himmel. Mir kam die Welt auf einmal so riesig vor, voller Möglichkeiten. Ich erinnerte mich an die Sternenbilder, die ich mit Jona in Hamburg gesehen hatte. Man erkannte sie alle ganz klar. Der Große Wagen leuchtete heute Nacht besonders hell.

Nick schien mir plötzlich sehr nah. Als ob er neben mir stehen würde und sein Schatten meine Körperhälfte bedeckte. Einen Augenblick konnte ich nicht unterscheiden, ob ich seine Wärme wirklich spürte oder ob ich mir Nick nur einbildete. Beinahe hätte ich laut mit ihm gesprochen. Gefragt, ob er Orion irgendwo entdeckte. Dann besann ich mich jedoch und schüttelte energisch den Kopf, um meine Gedanken loszuwerden.

Es gelang mir nicht.

Ich stellte mir vor, wie Nick in seiner kleinen Wohnung in Vietnam auf dem Fensterbrett lehnte, hinaus in die Dunkelheit sah und die Sterne zählte. Genau wie ich es in diesem Moment tat.

Das Licht der Laterne flackerte kurz. Dann gewann sie ihren hellen Schein wieder.

Die Sterne kamen auf mich zu, entfernten sich wieder, schienen mal schwächer, mal heller. So genau wie heute hatte ich sie noch nie zuvor beobachtet. Nun fiel es mir auch nicht mehr schwer, die blinkenden Flugzeuge von den Sternen zu unterscheiden. Irgendwer war sicher auch heute Nacht traurig, weil jemand davongeflogen ist. Ein anderer war bestimmt glücklich, im Flugzeug zu sitzen und zu neuen Abenteuern aufzubrechen. Vor mir sah ich eine Person mit lauter Sommersprossen im Gesicht und Wollsocken an den Füßen, die aus dem Flugzeugfenster sah und hinunter auf die kleinen Häuser und Straßen schaute. An einem dieser kleinen Häuser stand jemand wie ich, der traurig in den Sternenhimmel hineinwinkte und grübelte, wie sein Leben nun weitergehen sollte.

Wieder erinnerte ich mich an einen Abend bei ihm zuhause. Nick lachte erfreut, als er mir die Tür öffnete. Er strahlte und seine kleinen Sommersprossen zeichneten sich deutlicher ab als je zuvor. »Komm rein!« Nick wollte mir meine Tasche abnehmen, doch ich gab ihm stattdessen meine Hand und stellte die Tasche selber in seinem Zimmer ab. Dort legten wir uns auf sein Sofa und Nick schob ein Video in den Rekorder. Der Film handelte von kleinen Clownfischen und Seeanemonen. Aber wir hörten kaum zu. Nick und ich hatten uns lange nicht mehr gesehen und erzählten uns, was so in der Zwischenzeit passiert war. Doch wie aus heiterem Himmel wechselte Nick plötzlich das Thema und begann von Vietnam zu erzählen. Er zeigte mir sein Poster an der Wand, auf dem ein großes, tempelartiges Gebäude aus einem Reisfeld herausragte. Nick lernte schon seit zwei Jahren Vietnamesisch an der Uni. Aber nie zuvor hatte er erwähnt, dass er dort hinreisen wollte. »Ich hab ein Auslandsvisum von der Uni bekommen«, stieß er hervor und sah mich gespannt und freudig an. Mir hingegen stockte der Atem und ich brachte keinen Ton heraus. »Auslandsvisum?« Nick erzählte schon weiter. Am liebsten hätte ich meine Ohren auf taub gestellt, meinen Arm wieder um ihn gelegt und mir den Film angesehen. Aber leider drangen seine Worte zu mir durch.

»Ich kann schon Ende des Monats fliegen, für ein Jahr.« Nick war in seinem Wortschwall kaum zu bremsen und merkte gar nicht, dass ich vergeblich nach Luft und Worten rang. In meinem Kopf ratterte es. Welche Möglichkeiten gab es, Nick hierzubehalten? Uni abfackeln, alle Flugzeuge chartern, damit keins für Nick übrig blieb, sein ganzes Geld rauben lassen … Nichts Gescheites fiel mir ein. »Ist ja toll!«, brachte ich schließlich hervor und hoffte, Nick sah mir meinen Schock nicht an. Er konnte doch nicht einfach davonfliegen, wenn ich anfange, ihn gernzuhaben! Nick redete weiter von seinem Traum, während ich tapfer lächelte. Langsam kam ich mir schon vor wie dieser kleine Clownfisch aus dem Film, der unermüdlich durch einen stinkenden Abwasserkanal schwamm, um sich zurück ins sichere Meer zu retten. Von Weitem sah der bunte Fisch fröhlich aus. Bei genauem Hinsehen erkannte man jedoch, dass seine Mundwinkel fast bis zu seiner Bauchflosse verzogen waren. Für mich sah der arme Fisch nicht mehr bunt und lustig aus.

Nick nahm meine Hand. Sie fühlte sich stark und vertraut an. Zu gerne hätte ich durchschaut, was Nick fühlte. Heute war er mir fern und nah zugleich.

Er legte seinen Arm um mich und hörte auf, von Vietnam zu erzählen. Gab es nichts mehr zu berichten oder merkte er, wie traurig und still ich geworden war? Nick fühlte sich so an, als ob er zu mir gehören würde. Mit diesem Gefühl musste ich wohl eingeschlafen sein, während der kleine Clownfisch suchend in der Endlosschleife durch den Ozean schwamm.

Mitten in der Nacht wachte ich auf. Nick schlief fest.

Vorsichtig strich ich ihm eine feine Haarsträhne aus dem Gesicht und betrachtete ihn nachdenklich.

Er klang so glücklich, wenn er von Vietnam erzählte. Warum sollte ich ihm seinen Traum zerstören? Sollte er ihn doch leben! Mich machte nur traurig, dass ich in seinen Plänen nicht vorkam. Er hätte wenigstens nebenbei erwähnen können, dass er traurig war, mich hier zurückzulassen. Unbewusst offenbarte er mir, wie unwichtig ich für ihn war, und das kränkte mich. Jetzt lag ich wach neben ihm, sah, wie er friedlich schlief und fragte mich, was ich aus dieser Situation wohl am besten machen sollte. Vielleicht hätte ich einfach gehen sollen.

Seine Träume kannte ich nun. Wie meine Träume aussahen, würde ich ihm nie verraten. Stattdessen wanderten meine Erinnerungen an den kleinen Fluss, über den die Ente geschwommen war. Mich überkam das Gefühl, sie würde am anderen Ende des Ufers nicht wieder auftauchen. Nick schlief fest und merkte von meinen Gedanken nichts. Traurig strich ich über seinen kleinen Mund, der sogar im Schlaf lächelte.

Am nächsten Morgen frühstückten wir im Bett.

Nick reichte mir ein Schälchen mit Cornflakes. Er hatte extra die guten mit der Schokoglasur gekauft. Es war schrecklich. Aber er wurde mir immer sympathischer und ich konnte nichts dagegen tun. Nach dem Frühstück gingen wir in die Stadt. Dort fand ich ein Armband und schenkte es ihm. Es war ein kleiner chinesischer Anhänger in Drachenform. Ich fand, der Drache sah stark genug aus, um Nick auf seiner langen Reise beschützen zu können. Während des Einkaufens hielt Nick die ganze Zeit meine Hand. Es freute und kränkte mich zugleich.

Warum nahm er meine Hand? Wollte er mich trösten? Mochte er mich?

Als ich fuhr, verabschiedete sich Nick nicht von mir. Vielleicht dachte er, wir sehen uns noch mal. Vielleicht fand er es nicht wichtig. Niemals würde ich ihm verraten, welch wichtiger Bestandteil meiner Träume er gewesen war.

Ein lautes Geräusch ließ mich aufschrecken. Meine Schwester riss mich aus den tiefen Gedanken. Sie hupte ungeduldig. Ich hatte ihr Kommen nicht bemerkt. Schnell schüttelte ich alle Erinnerungen von mir ab. Dann stieg ich zu meiner Schwester ins Auto. Als es um die Kurve fuhr, blickte ich mich noch einmal um. Das Licht der Laterne war erloschen. Ihre Strahlen fielen nicht mehr auf den Flecken, wo ich eben noch gestanden hatte. Der Platz war dunkel und ich fragte mich, ob die Laterne jemals geleuchtet hatte.

Ich stand nicht mehr im Rampenlicht.

15 Der grüne Bollerwagen

Am nächsten Morgen wurde ich von einem ohrenbetäubenden Klingeln geweckt. Ich haute im Affekt auf meinen Wecker. Aber das Klingeln blieb. Es dauerte eine Weile, bis ich richtig wach war und begriff, dass es mein Telefon war.

»Hallo?«, fragte ich schläfrig in den Hörer. »Hier ist Jona! Hab ich dich etwa geweckt?« Ich konnte meine Augen kaum offen halten. »Nein, nein, ich bin schon seit Stunden wach.« Mit der einen Hand hielt ich kraftlos das Telefon an mein Ohr, mit der anderen zog ich die Decke bis an meine Wangen.

»Ich dachte, heut ist ein guter Tag für ein Abschiedsessen beim Chinesen. Ich ziehe in ein paar Tagen um, hast du das etwa vergessen?« Mit einem Schlag war ich hellwach. »Umzug? Ach ja, Mensch, Jona! Bin sofort fertig.« Seufzend legte ich den Hörer auf. Moni und Jona waren meine besten Freunde. Wir kannten uns von klein auf. Doch jetzt, wo wir mit der Schule fertig waren, hatte ich das Gefühl, unsere Wege würden sich langsam trennen. Jona zog weg, um zu studieren und Moni war aus demselben Grund nach Köln gezogen. Nur ich blieb hier und fühlte mich das erste Mal in meinem Leben so richtig allein. Früher wohnten Jona und ich Tür an Tür. Wann immer wir grillten, tauchte sein Kopf pünktlich, als die Würstchen fertig waren, in der Gartentür auf. Mein Vater grillte bald routinemäßig Würstchen für Jona mit und hielt es ihm schon entgegen, bevor er fragen konnte, ob er mitessen dürfe. In unserem Garten wuchsen früher überall rosafarbene Rosen und der Rasen war mit Gänseblümchen übersät.

Ich stieg aus meinem Bett, putzte mir schnell die Zähne und lief zum Chinesen.

Moni und Jona waren schon ganz in die Speisekarten vertieft, als ich dazukam und sie begrüßte. »Na endlich! Komm setz dich«, rief Moni erfreut und ich lugte über ihre Schulter, um mir auch etwas aus der Speisekarte auszusuchen. »Bist du eben zufällig an eurem alten Garten vorbeigekommen?«, fragte Jona aufgebracht. »Hast du gesehen, dass eure Nachmieter unseren Kirschbaum abgesägt haben?« Geschockt sah ich von der Speisekarte auf. »Was?«, rief ich fassungslos, »unseren Kirschbaum?« Jona nickte traurig. Moni wusste es anscheinend schon, denn sie wirkte gefasster als ich.

Der alte Kirschbaum in unserem Garten war einer unserer Lieblingsspielplätze gewesen, als wir noch klein waren. Den ganzen Sommer über wohnten wir quasi in der dichten Baumkrone. Von dort oben konnte man alles um einen herum beobachten, ohne selber gesehen zu werden. Oft hatten wir uns einen Spaß daraus gemacht, unsere Nachbarn mit Kirschkernen zu bespucken. Es sah lustig aus, wie sie fluchend in die Baumkrone starrten und wild mit den Armen drohten. Doch wir saßen an einer völlig anderen Stelle, als dort, wo die Flüche hingeschickt wurden und wiegten uns in Sicherheit.

Der Kellner kam mit der ersten Schüssel warmem Reis und zündete die Kerze an.

»Weißt du noch, wie Jona vom Baum geflogen ist?«, erinnerte sich Moni lachend. Jetzt konnte man darüber lachen. Damals hatte ich mich ziemlich erschrocken, weil Jona scheinbar leblos am Boden lag und sich nicht mehr rührte. Erst nach ein paar Sekunden hob er stöhnend seinen Kopf und richtete sich wieder auf. Ihm war zum Glück nichts passiert. Aber danach passten wir besser auf, wo wir unsere Füße hinsetzten.

»Und du bist, kurz bevor die Kirschen reif waren, nach der Schule immer schnell nachhause gelaufen«, fügte Moni belustigt hinzu. »Du wolltest die besten Kirschen immer vor uns haben und hast sie deshalb schon grün gegessen.« Lachend hielt ich meinen Bauch, weil ich mich an die furchtbaren Koliken zurückerinnerte.

Dann kam der Kellner erneut. Diesmal mit vielen kleinen Schälchen, gefüllt mit Gemüse und Soßen. Von den kleinen Schüsselchen stieg ein süßlich-scharfer Geruch empor und wir füllten unsere Teller.

Mit Jona hatte ich schon viele gefährliche Dinge erlebt. Allesamt waren sie recht glimpflich ausgegangen. Einmal wollte mir Jona im Keller ein Kunststück mit meinem kleinen grünen Bollerwagen zeigen. Er stellte sich hinein, hob einen Fuß an und streckte sein Bein nach hinten aus. In diesem Moment rollte der Bollerwagen unter seinen Füßen weg und ich sah nur noch, wie Jona waagerecht in der Luft und im nächsten Augenblick mit einem lauten Rums auf dem Boden aufschlug. Schon wieder dachte ich, Jona sei tot oder zumindest schwer verletzt. Blutüberströmt hob er seinen Kopf. Vor Schreck wäre ich beinahe in Ohnmacht gefallen. Doch dann lachte er mir mit einer großen Zahnlücke entgegen. In der Klinik hatten sie ihm zwei Zahnimplantate einsetzen müssen. Heute kann er wieder genauso schön lachen wie vor dem Unfall.

Wir kamen gar nicht zum Essen, so sehr vertieften wir uns in Geschichten von früher, erlebten sie beinahe noch einmal.

»Erinnert ihr euch noch an unsere Beautyabende?«, fuhr Moni fort. Wie sollten wir sie je vergessen? Moni zeigte mir damals, wie ich eine Haarkur aus Zitronen herstellen konnte und Jona musste mitmachen, weil er sich verliebt hatte und glänzende Haare haben wollte. Doch Monis Rezept war noch nicht ganz so ausgereift. Jona und ich mixten unter Monis Aufsicht Bier und zwei gepresste Zitronen zusammen und gossen das Gemisch über unser Haar.

Glänzende Haare hatte Jona danach! Leider stanken sie aber auch nach Bier und die Zitronenstücke sahen aus wie schleimige Schuppen. Unsere Eltern dachten damals, wir hätten Läuse.

Wir erzählten uns immer mehr Geschichten, weil wir uns nicht von ihnen trennen wollten. Als wir später die Tür des chinesischen Restaurants hinter uns schlossen, war es, als ließen wir unsere Vergangenheit dort zurück. Von nun an würden wir unseren gemeinsamen Lebensweg verlassen und jeder würde in eine andere Richtung gehen.

Am Abend holte ich meine Legokiste vom Dachboden. Lego war früher mein Lieblingsspielzeug gewesen. Mit den winzigen Steinchen baute ich riesige Städte, mit denen ich tagelang spielen konnte. Für mein Legoauto mit Trailer hatte mir mein Vater extra einen Teich aus einer Spanplatte ausgesägt, auf dem mein kleines Segelboot fahren konnte.

Nun saß ich wieder vor meiner Legostadt, zwei blaue Steinchen in der Hand. Ich überlegte, wo ich sie noch ranbauen konnte. All die kleinen Einzelheiten, die mein Legospiel damals so belebten, lagen nun unbeachtet auf den Straßenplatten zerstreut. Die kleine Gummischildkröte ruhte auf ihrem Panzer, mein weißes Pferd mit den aufgemalten Flecken stand in der Box und rührte sich nicht. Autos baute ich nun exakt viereckig. Ihnen fehlten störende Kanten und Fenster. Straßenplatten gingen fließend ineinander über. Keine Kurve endete auf einer grünen Wiesenplatte. Ich gab mir wirklich Mühe, doch es war einfach nicht mehr so wie früher.

Vielleicht verlernt man zu spielen, wenn man älter wird, oder es fehlt einem an Fantasie.

16 Lebenswege

An diesem Abend lag ich noch lange wach und dachte
nach. Die Legos waren wieder eingeräumt und sicher auf
dem Dachboden verstaut. Um die Kiste hatte ich eine Plas-
tiktüte gestülpt, damit die Legosteine nicht verstaubten.
Jetzt lag ich allein in meinem Bett und kam zur Ruhe.
Meine grüne Daunendecke hatte ich bis zu den Ohren
hochgezogen. Nur meine Augen lugten hinaus in die
Dunkelheit. Gedankenverloren drehte ich mein Giraffen-
kuscheltier hin und her und starrte auf die graue, starre
Wand vor mir. Seit Tagen schwirrte mir eine Frage durch
den Kopf, die ich nicht mehr loswurde. Mit dicken schwarzen Buchstaben stand sie nun an die Tapete geschrieben
und bedrohte mich. Verunsichert zog ich die Decke weiter
über mein Gesicht. Doch trotzdem reihten sich die Buchstaben um meinen Kopf und ließen mich nicht in Ruhe.
Sie zückten ihre kleinen Schwerter und stachen auf mich
ein. Es waren nur kleine Pikser, aber sie brannten fürchterlich. Wo ich hinguckte, sah ich den unheilvollen Satz.
Was soll ich hier allein?

Es stand überall, auf der Lampe, über die ganze Wand
verteilt, in meinem Kopf.

Was soll ich hier allein?

Ich vermisste Moni und Jona schrecklich. Nie zuvor
waren wir getrennt. Nun gabelte sich unser gemeinsamer
Weg. Jeder schlug eine andere Richtung ein und ich bekam
Angst, Moni und Jona in dem Wirrwarr von Wegen nicht
wiederzufinden. Jetzt würde Jonas Kopf nicht mehr an der
Gartentür auftauchen, wenn wir grillten und Moni könnte
mir keine Zitronenstücke aus dem Haar pulen.

Außerdem wollte ich nicht allein auf meinem neuen Lebensweg gehen. Irgendwie machte er mir Angst. Er bäumte

sich unüberwindbar vor mir auf und nirgends waren Wegweiser.

Wehmütig dachte ich an Moni und die Zeit, als sich ihre Eltern scheiden ließen. Damals war ich noch zu klein, um zu begreifen, wie schlecht es ihr wohl gegangen war. Bin ich trotzdem für sie da gewesen? Sie wollte nie darüber reden, wie es war, nur noch mit ihrer Mutter zusammenzuwohnen. Damals schenkte ich ihr einen kleinen Stoffhund, der sie trösten sollte.

Mit Jona sprach ich viel über seine Pläne und Träume. Er erzählte Dinge, die er niemandem sonst verriet. Aber gab ich ihm genug Rückhalt und Kraft, diese Dinge auch in Taten umzusetzen?

Hoffentlich wussten die beiden, dass sie immer auf mich zählen konnten.

Jona und Moni konnten meine Welt, die aus ihrer Bahn geworfen wurde, nicht einfach wieder ins Sonnensystem eingliedern. Irgendwie musste ich das aus eigener Kraft hinbekommen. Aber wie?

Gleichgültig wischte ich mir meine nassen Augen am Laken ab. Dabei fiel mir auf, dass die Buchstaben verschwunden waren. Nirgends konnte ich sie entdecken. Erleichtert zog ich die Decke etwas von meinem Gesicht. Die Wand schien nicht mehr so grau und bedrohlich wie vorher. Im Gegenteil, eher glich sie einer hellen Leinwand, auf der man Filme abspielen könnte. Wie besonnen starrte ich sie an. Mir kam es vor, als säße ich ganz hinten, in der letzten Reihe eines Kinos. Niemand sonst war Zuschauer, niemand außer mir sah sich meinen Film an. Auf der Leinwand erschien Moni mit ihrem Squashschläger. Auch ich tauchte auf dem großen Bild auf. Wir lachten uns kaputt und Moni kugelte sich beinahe auf dem Boden. Der Squashball hatte Monis Oberschenkel getroffen, wo sich nun ein großer blauer Fleck bildete. Jona, mit Zitronenstücken im Haar, lief auch durch das Bild. In der Fantasie kann man immer vereint sein. Vielleicht sehnte ich mich deshalb zurück in die Kindheit. Dort besaß man Fantasie im Überfluss.

17 Millionen Schrauben

Dann kam der Tag, an dem Jona umzog. Wir schleppten die schweren Kartons die Treppe herunter und luden alles in den Umzugswagen. »Was hast du denn alles eingepackt?«, fragte ich schnaufend und stellte den nächsten Karton vorwurfsvoll vor Jonas Füße. Jona hob gerade die leichte Schreibtischlampe in den Wagen. »Nachher müssen wir die vielen Bücher 5 Stockwerke hochschleppen«, erinnerte ich, in der Hoffnung, Jona würde vielleicht ein paar Bücher hierlassen. Doch es war nichts zu machen. Nach 3 Stunden hatten wir endlich alles in den Transporter gepackt.

Es dauerte weitere 2 Stunden, bis wir von der Autobahn runterfuhren und vor Jonas neuem Heim parkten. »Hier wohnst du nun also?« Jona sah nach oben zum Schornstein. »Sieht so aus, oder?« Er hob einen Karton aus dem Kofferraum. Nun schleppte ich die Schreibtischlampe und stellte sie auf Jonas neuem Tisch ab. Während er schon wieder durch das Treppenhaus nach unten zum Wagen lief, sah ich mich skeptisch in seiner neuen Wohnung um. Sie war schön hell und auch recht groß. Ich fand nichts, was gegen sie sprechen könnte. Aber Jona einfach hierlassen? So schön war die Wohnung nun auch nicht. Doch Jona tauchte wieder in der Tür auf und er schien glücklich zu sein. Stolz zeigte er auf den dunkelbraunen Teppich. »Guck mal, das Wohnzimmer sieht aus wie ein Spielsalon! Fehlt nur noch ein Billardtisch.« Ich gab ihm Recht, damit er sich freute. »So, Janna, der Karton muss nach oben.« Er wies auf eine wackelige, schmale Wendeltreppe, die zu einem weiteren Zimmer führte. »Da rauf?« »Na klar, los! Du gehst vor!« Von oben versuchte ich den schweren Karton zu greifen und ihn hochzuhieven, während Jona von unten schob. Mit letzter Kraft schoben wir nach Stunden den letzten Karton die Wendeltreppe hinauf und sackten erschöpft zusammen. »Du, Janna?«, fragte Jona und ich ahnte Schlimmes. »Ich glaube, ich habe den Elektrobohrer vergessen.« Ich sackte noch mehr zusammen und schloss müde die Augen. »Ach, Jona, wie willst du hier allein zurechtkommen?«

Sechs unausgepackte Ikeakartons lagen in Jonas Zimmer herum. Ein Regal, sein neues Bett und ein paar Schränke. Schon allein ein Bett bestand aus Millionen Schrauben, die wir nun also mit der Hand in das Holz hineindrehen mussten. Ich rappelte mich auf, zog Jona von der Kiste, auf der er gesessen hatte, und riss den ersten Karton auf. »Na los, dann wollen wir mal! Wenn wir uns beeilen, sind wir in 5 Wochen fertig.« Schon nach ein paar Minuten und der ersten leeren Schraubenpackung bekam ich Schwielen an der Hand. Doch irgendwann stand Jonas neues Bett. Es wackelte ein bisschen, aber es schien zu halten.

Erst am späten Abend standen auch die Schränke, ohne umzufallen, wenn man sich gegen sie lehnte. Zufrieden und erschöpft ließ ich mich auf Jonas Schreibtischstuhl fallen. »Hier kannst du jetzt ja schon wohnen«, stellte ich fest und ruckelte an den Schränken. »Ein Tisch, ein Bett. Du kannst schlafen und essen und deinen Pullover aufhängen.« Jona lag reglos auf seiner Matratze und hob nur zustimmend seine Hand, weil er zu allem anderen zu müde war.

»Ich kann dich hier also wirklich allein lassen? Hast du alles? Auch einen Putzlappen?« Sicherheitshalber fragte ich nach, weil Jona solche Dinge manchmal vergaß. »Klar«, antwortete Jona knapp. Während wir erschöpft pausierten, stellte ich mir Jonas altes Zimmer vor. Mehr als 20 Jahre hatte er darin gewohnt. Nun stand es leer. All seine Möbel standen nun hier, in Jonas Spielsalon, und trotzdem war es fremd.

Es roch noch nicht nach Jona, eher feucht und nach braunem Teppich. Seine Kaffeemaschine fehlte auch. Eine einsame grüne Zahnbürste stand in einem Becher. Früher waren es vier gewesen. Alles sah so aus, als ob Jona nun erwachsen werden müsste. Er brauchte einen Putzlappen und eigene Seife.

Aber er hatte doch fast noch Kirschenpaare an den Ohren baumeln.

Seufzend sah ich zu Jona hinüber, wie er auf seinem neuen Bett mit der Federkernmatratze lag und beinahe schlief. Für ihn begann ein neuer Lebensabschnitt. Ob er darüber nachdachte? Schon immer war Jona jemand gewesen, der seinen Weg ging. Er suchte sich zwar jedes Mal den schwersten aus, aber er kam immer an.

Auch jetzt würde er sich Seife kaufen und vielleicht eine elektrische Zahnbürste. Um Jona machte ich mir keine Sorgen. Aber ich? Kam ich auch zurecht? Ich nahm Jona die Kirschenohrringe ab und steckte sie an meine Ohren. Vielleicht würde ich sie noch ein bisschen brauchen.

Dann sah ich auf die Uhr und stellte erschrocken fest, dass es schon spät war. »Ich muss jetzt langsam los. Hab morgen Schule.« Jona nickte und stand von seinem Bett auf. »Ich bring dich noch zum Wagen.«

Schnell kehrte ich die restlichen Schrauben zusammen, die auf dem Boden herumrollten. Nicht dass er sich verletzte. »Danke für deine Hilfe. Bei deinem Umzug werde ich fünf Elektrobohrer mitnehmen.« Lächelnd drückte ich Jona die aufgesammelten Schrauben in die Hand, damit er sie später einsortieren konnte.

Unten an der Tür wartete Jona, bis ich in den Transporter gestiegen war. Ich hatte Jona versprochen, ihn beim Autoverleih abzugeben. Jona hob einmal kurz seine Hand zum Gruß und stieg dann die Treppe zu seinem Spielsalon wieder hinauf. Er hielt sich nie lange mit Abschieden auf.

18 Hausbesuch

Mit der Decke über beide Ohren gezogen, lag ich kraftlos und erschöpft im Bett. Meine tiefen, schwarzen Augenringe glichen schon fast Vulkankratern. Noch immer steckte ich in der Prüfungszeit und es fiel so unglaublich schwer zu lernen, wenn einem ständig andere Gedanken im Kopf herumschwirrten. Mein Anatomiebuch sollte ich längst auswendig können. Doch es war zu wenig Platz in meinem Kopf, um dort noch Muskelnamen hineinzupacken. Nick allein füllte meinen Kopf schon aus. Vor lauter Schreiben bekam ich meine Finger gar nicht mehr gerade gestreckt. »Pampelmusenfinger«, fiel mir automatisch dazu ein, weil ich es gerade in einem Skript gelesen hatte. Ich merkte, wie sich meine Kräfte dem Ende zuneigten. Mein Kopf sank müde auf das Stück Papier, das vor mir auf dem Tisch lag.

Leise quietschend öffnete jemand meine Tür und schlich ins Zimmer.

Es schlich weiter über den Teppich und sprang mit einem Satz auf meinem Schoß. Es war Rosti, der sich wie eine Katze auf meinen Beinen zusammenrollte und mich mit leuchtenden Augen ansah. Prüfend musterte er mich. Noch nie zuvor hatte er sich die Mühe gemacht, aus seinem Kamin zu kriechen und mich hier oben in meinem Zimmer zu besuchen. Er war übersät mit Aschekrümeln und mit jedem Schritt hinterließ er dunkle Fußspuren auf dem hellen Teppich. Seine kleine Hand zupfte an meinem Augenlid und öffnete es. Er musste es aufhalten. Ich fand keine Kraft dazu. »Trüber Schleier über der Linse«, notierte er in seinem unsichtbaren Befund. »Mach die Augen auf, Janna, du lebst noch!«

Mit letzter Kraft öffnete ich auch das zweite Auge. »Guck

mal, wie ich aussehe! Rosti schüttelte sein verzaustes Fell und die kleinen Aschekrümel flatterten überall durch den Raum und auf meinen Schoß. »Ich verwahrlose langsam, weil du meinen Kamin schon über einen Monat lang nicht mehr geputzt hast. Man kriegt Asthma von Feinstaub.« Meine Augen fielen wieder zu, obwohl Rosti mit aller Kraft versuchte, mein Lid oben zu halten. Sein Ärger dämpfte sich langsam. »Sieh dich mal im Spiegel an! Du siehst aus wie der Schwarze Peter im Kartenspiel.«

Ich reagierte nicht. Rosti trippelte ungeduldig auf meinem Schoß hin und her. »Jetzt mach ich mir doch Sorgen, Janna. Was ist los?« Endlich rappelte ich mich ein wenig auf. »Tut mir leid, dass ich dich so lange nicht mehr besucht habe!«, stieß ich hervor. »Mir fehlt die Kraft, die Treppe herunterzugehen. Vielleicht könnte ich es auf allen vieren schaffen.« Rosti schien etwas erleichtert, dass nicht auch mein Humor abhandengekommen war. »Wahrscheinlich wärst du dabei über den Hund gestolpert.« Er lachte in sich hinein beim Gedanken daran, wie ich auf dem Boden lag und mein Hund entschuldigend mit dem Schwanz wedelte. Ich versuchte mich noch ein bisschen mehr vom Schreibtisch aufzurichten, damit ich Rosti besser sehen konnte. »Na siehst du!«, rief Rosti erfreut und ein paar seiner Sorgenfalten verschwanden von seiner Stirn. »Nun sitzt du doch schon mal wieder gerade!« Rosti setzte sich im Schneidersitz auf meine Füße und wärmte sie. »Erzählst du mir jetzt, was los ist?«

Womit sollte ich beginnen? Alles war irgendwie blöd. Von meiner Ausbildung wollte ich nicht reden. Jona und Moni? Die waren erst mal sicher zusammen mit meinen Legosteinen verpackt. Blieb nur noch Nick. »Hast du ein Taschentuch?«, fragte ich vorsichtshalber. »Nein, aber hier ist eine Socke.« Rosti hob eine lila Socke vom Boden auf und überreichte sie mir. Vielleicht hoffte er, mir würde das Weinen bei dem Anblick vergehen.

Vielleicht konnte mein Kopf freier werden, wenn ich Rosti von Nicks letzter Nachricht erzählte. Nicks SMS, die er mir einen Tag vor seiner Abreise geschickt hatte.

Damals saß ich, wie heute, am Schreibtisch und schnitt Bilder aus einer Zeitung aus. Mein Handy blinkte einmal auf und Nicks Name erschien auf dem Display. Erfreut öffnete ich seine Nachricht, doch meine Freude versiegte augenblicklich. Schon Wochen vorher hatte ich mir Nicks Abreisetag rot auf dem Kalender markiert. Doch nun zu lesen, dass Nick am nächsten Tag fliegen würde, versetzte mir einen Schlag. Ich schob das Datum immer von mir weg. Doch nun stand es wieder vor mir.

»Hey, Janna! Morgen geht es endlich los! Dein Glücksarmband hat also wirklich Glück gebracht.«

Ich drückte den Pfeil des Handys nach unten. Doch mehr stand nicht in seiner Nachricht. Wo war mein persönlicher Gruß, der Abschiedssatz? Wo stand geschrieben, wie sehr mich Nick vermissen würde?

Nichts dergleichen konnte ich finden.

Ich ärgerte mich darüber, Nicks Glücksarmband nicht selbst behalten zu haben. Dann hätte ich Glück gehabt und er wäre hiergeblieben. Nie wieder würde ich Glücksarmbänder verschenken oder sie nur Menschen geben, von denen ich wollte, dass sie wegflogen.

Das war es also. Dann bis zum nächsten Jahr!

Rosti lauschte aufmerksam, was ich über Nicks Abreise erzählte. Damals war ich unendlich traurig, weil Nick keine Abschiedsworte für mich fand. Heute war ich wütend. Wütend, wie wenig ich ihm bedeutete. Über Nicks Nachricht zu reden machte meinen Kopf freier. Es fiel leichter, ihn oben zu halten. Mein neuer Lebensweg war zwar nur ein Schotterweg mit tiefen Schlaglöchern und umgekippten Baumstämmen. Aber vielleicht sollte ich es langsam wagen, ihn zu betreten. Noch konnte ich nicht sagen, wo er mich hinbringen, wie er enden würde. Vielleicht an einem tiefen Abgrund, vielleicht an einem Wasserfall mit Regenbogenfarben. Wie sollte ich das herausbekommen, wenn ich ihn nicht ging?

Rosti saß wärmend auf meinen Füßen und ich sah zu ihm hinunter. Er schrieb seinen Abschlussbefund über den Patienten. Er müsste noch weiterführende Medikamente bekommen, aber vielleicht könnte man ihn vorzeitig aus dem Krankenhaus entlassen. »Man muss Dinge zurücklassen, wenn man erwachsen werden will. Neue Aufgaben scheinen oft unüberwindbar«, schrieb er als möglichen Auslöser für die abklingende Erkrankung.

19 Die ominöse Janna

Rostis Besuch tat mir gut. Endlich fand ich wieder Zeit, mich um den Kamin zu kümmern. Wie immer wehrte sich Rosti gegen den Handfeger, wenn ich zu nah an seinen Aschehaufen kam. Argwöhnisch überwachte er meine Arbeit. »Mensch, Rosti, jetzt lass mich doch putzen! Ich kehre deinen Kamin nun schon so lange aus.« Doch Rosti hörte nicht auf, mit seinen Armen zu fuchteln. Schließlich packte ich ihn einfach und setzte ihn auf den Kaminrand. Kleine Aschekrümel rieselten von seinem Fell auf den Boden herab und er beruhigte sich langsam. Als ich auch die Ecken sorgfältig ausgewischt hatte, glänzte der Kamin wieder und ich setzte Rosti zurück in den Kamin. Dort lief er sofort zu seinem Aschehaufen und fing an, in ihm herumzuwühlen. Ich beobachtete, wie er schließlich etwas Seltsames unter der Asche herauszog. Es war ein schimmerndes, kleines Kästchen mit einem Edelsteinknauf. »Was ist das?«, fragte ich neugierig. Rosti drehte ehrfürchtig den Knauf und öffnete die Schatulle. Als der Deckel hochschnellte, konnte ich eine schimmernde Masse darin erkennen, die sich leicht wellig bewegte. Es erinnerte mich an Seide. »Was ist das, Rosti?«, wiederholte ich. Er tippte mit dem Finger in die Flüssigkeit. Dann sah er auf und lächelte mich an. »Guck mal hier, Janna! Ich will dir was zeigen. Steig mal in den Kamin!« In den Kamin? Hatte ich mich verhört? »Was soll ich? Da pass ich doch nie im Leben rein!« Bedenklich sah ich mir die kleinen Klapptüren des Kamins an und schätzte die Öffnung auf 70 Zentimeter im Durchmesser. »Probier es aus! Wirst schon sehen, wie breit die Türen sind!« Die Neugier ließ mich nicht los. Also versuchte ich umständlich einen Fuß in den Kamin zu halten und ein Stück von meinem Bein hineinzustecken.

Plötzlich, gerade als ich mein Bein wieder herausziehen wollte, weil ich mir blöd vorkam, packte mich ein Sog und zog mich in den Kamin. Vollkommen perplex fand ich mich neben Rosti sitzend wieder. Erschrocken überprüfte ich, ob noch all meine Gliedmaßen dran waren. »Na siehst du! Ganz einfach.« Erst nach einigen Minuten, als ich sichergehen konnte, dass ich noch vollständig war, sah ich mich irritiert im Kamin um. Er war von innen riesengroß, wie mein Zimmer, noch etwas größer vielleicht. »Wie ist das möglich?«, fragte ich mich erneut. Vielleicht schlief ich in Wirklichkeit längst und träumte nur? Rosti lächelte still und hielt mir das Kästchen entgegen. »Wenn du willst, kannst du deinen Finger auch mal hineinhalten.« Zögernd stupste ich einmal gegen die Masse. Sie bewegte sich wellenförmig. Noch einmal tippte ich gegen die flüssige Seide und sah, wie meine Fingerkuppe in dem Gel verschwand. Erschrocken zog ich meine Hand zurück. »Was ist das?« Rosti schaukelte das Kästchen etwas nachdenklich auf seinen kleinen Händen hin und her. »Sagen wir mal, es ist eine Art Pforte.« »Eine Pforte?« »Ja genau! Ein Eingang zu einer anderen Welt.« Skeptisch schaute ich Rosti an. Er sah mich ernst an: »Immerzu denkst du an Nick und ich wusste nicht, wie ich dir helfen kann. Dann fiel mir meine Truhe ein.« Er strich liebevoll über den grünen Edelsteinknauf des Kästchens. »Vielleicht hilft es dir ja, wenn ich dir deine Fantasiewelt vor Augen halte.« Ich fand mich damit ab, dass ich wohl träumte, und sagte gar nichts mehr. »Du willst Nick doch wiedersehen, oder?« »Ja klar, aber …« »Ich weiß, er ist nicht hier. Alles, was du machen musst, ist, in dieses kleine Kästchen zu steigen.« Nun fing ich doch an, über Rosti zu lachen. »Ja, klar. Ich mach mich nur schnell klein.«

»Das ist kein Problem. Du sitzt schließlich auch in meinem Kamin.« Da hatte er natürlich Recht. »Vertrau mir und steig endlich in die Kiste!« Noch zögerte ich. »Und du holst mich auf jeden Fall wieder raus?« Er nickte. Ich nahm meinen ganzen Mut zusammen und sprang kopfüber in die kleine Truhe.

Sausend flog und rutschte ich durch einen langen Tunnel, der mich ein wenig an eine Abbildung vom Magen aus meinem Anatomiebuch erinnerte. Nur war dieser Tunnel ganz bunt und weich. Es war egal, ob man gegen die Wände stieß. Wahnsinn, dachte ich nur, bevor der Tunnel endete und ich unsanft auf einen glatten Boden plumpste. Bestimmt hundert Meter schlitterte ich auf dem Boden entlang, bevor ich bremsen konnte. Ein paar Sekunden brauchte ich, um mich zu orientieren, und sah mich neugierig um. »Wo bin ich denn hier gelandet?« Doch irgendwie kam mir dieser Flur, auf dem ich saß, bekannt vor. Langsam stand ich auf, klopfte meine Hose ab und wagte ein paar Schritte. Ich öffnete eine Tür vor mir, betrat einen Raum und sah mich um. Ein Regal mit einem Teddy stand an der Wand, ein großer Balkon und ein Vietnamposter … »Nicks Zimmer«, stammelte ich unsicher. »Was mach ich denn hier?« Aber niemand gab mir eine Antwort. Irritiert rieb ich meine Augen und öffnete sie wieder. Aber der Raum vor mir verschwand nicht. All die Gegenstände, die ich in diesem Raum sah, kannte ich: vietnamesische Übersetzungsbücher, eine Kiste mit persönlichen Dingen, Fotos und ausgeschnittene Zeitungsartikel von Nicks Basketballspielen. Obwohl ich mich eigentlich in einer kleinen Schatulle befand, fühlte ich mich augenblicklich wohl und vertraut. Langsam ging ich zu Nicks Schreibtisch. Auf seiner Unterlage stand meine Telefonnummer gut lesbar. Mein Finger strich automatisch darüber, um zu prüfen, ob die Nummer verwischte. Nichts geschah. Auf seinem Schrank entdeckte ich das Schachspiel mit den kleinen Specksteinfiguren. Ich bewegte das Pferd zwei Felder nach oben und eins schräg. Dann stellte ich es auf seinen Platz zurück. Plötzlich ging die Tür auf und ich wich erschrocken zurück, als ich Nick erblickte. »Was machst du denn hier?«, fragte ich ihn verblüfft und traute meinen Augen nicht. Doch Nick schien mich nicht zu hören. Er ging an mir vorbei, als sei ich nicht anwesend. »Hey, Nick …«, versuchte ich es noch mal. Aber er reagierte nicht. Zielstrebig ging er zum Fernseher und schob einen Film hinein. Gespannt verfolgte ich jeden seiner Schritte. Nick lächelte. Dieses schöne Nicklachen. Wie sehr vermisste ich es. Als er zu seinem Sofa ging, stockte mir der Atem. »Was soll das denn?«, rief ich erschrocken.

Ich sah MICH, wie ich in eine Decke gewickelt neben Nick lag. Verdutzt kniete ich mich vor die Couch und hielt einen Moment inne. Es kostete Überwindung, den Arm auszustrecken und die Janna, die dort lag, anzufassen. Aber ich wollte wissen, ob sie vielleicht aus Wachs war. Zu meiner Überraschung waren ihre Beine warm. Vorsichtig befühlte ich den ganzen Körper der ominösen Janna, die im Bett neben meinem Nick lag. Langsam begann ich, an meinem Verstand zu zweifeln. Unsicher strich ich über meinen eigenen Arm, bewegte die Finger und sah zu der anderen Janna, die ihre Augen öffnete. Sie drückte einen Knopf auf der Fernbedienung. Augenblicklich flimmerte ein Zeichentrickfilm auf dem Bildschirm. Ich konnte das Bild kaum erkennen, denn ich wagte nicht, mich vom Fleck zu bewegen. Es schienen Fische zu sein, die in einem Meer schwammen.

Dann verschwanden die ominöse Janna und der Nick plötzlich, ohne dass ich mich vom Fleck bewegt hätte. Unsicher sah ich mich um. Hatte ich versehentlich auf einen Knopf gedrückt? Mich wunderte gar nichts mehr. Ein neues Bild erschien vor mir. Ich sah die ominöse Janna, wie sie Nicks Weihnachtsgeschenk auspackte. Zu gut konnte ich mich erinnern. Nick hatte es damals so schön verpackt. Vorsichtig lockerte die ominöse Janna eine blaue, seidene Schleife, die um einen beklebten Karton gewickelt war. Nick musste sich wirklich viel Mühe gemacht haben. Ich erinnerte mich, wie ich mich damals fühlte. Ein bisschen verlegen, weil mein Geschenk für Nick in einfaches Packpapier gewickelt war. Ich freute mich damals so sehr und wusste nicht, wie ich mich bedanken konnte. Mich überkam das Gefühl, Nick würde nur mir solch schöne Geschenke geben. Also schenkte ich ihm einen Kuss. Viel zu wenig für so ein schönes Geschenk. Nun jedoch fragte ich mich, ob Nick tatsächlich nur mir solch schöne Geschenke machte oder ob es einfach seine Art war.

Dann wechselte die Szene wieder. Der Zeichentrickfilm mit den Fischen lief wieder. Ich, oder die ominöse Janna, legte den Arm um meinen Nick und küsste ihn aufs Augenlid. Nick lag eng an sie gekuschelt und schlief. Der Bildschirm wurde schwarz. Es war der Abend, an dem mir Nick erzählte, er würde nach Vietnam gehen. Ich sah die traurige Janna und einen schlafenden Nick, der nicht merkte, dass sie traurig war.

Ein neues Bild tauchte auf. Die ominöse Janna und Nick verabschiedeten sich vor der Tür. Lange würden sie sich nicht wiedersehen. Besonnen stand ich vor dem Bild und erinnerte mich an seine sanfte Umarmung. In diesem Augenblick hätte ich alles dafür gegeben, sie noch mal zu spüren. Nicks Wärme, die mir so fehlte. Doch ich erwachte aus meiner Besonnenheit. Und ich sah, wie es wirklich gewesen war. Nick hatte sich nicht von mir verabschiedet. Nicht mal umarmt hatte er mich.

Meine Augen füllten sich mit Tränen. Langsam musste ich erkennen, was mir Rosti mit den Angewohnheiten der Menschen erklären wollte. Waren es tatsächlich

Angewohnheiten der Menschen, meine Angewohnheiten, die Realität mit Fantasie zu bestücken, damit sie schöner erscheint?

Hinter mir tauchte ein winziger Schatten auf. Erst bemerkte ich ihn gar nicht. Doch der Schatten zupfte hartnäckig an meinem Hosenbein. Rosti reichte nicht mal bis zu meinen Knien. »Komm, Janna!« Meine Fantasie gaukelte mir einen perfekten Abschied vor. Eine Umarmung, in der Liebe steckte. Ein Kuss, der sagte, wie sehr er mich vermissen würde. »Die Fantasie macht so was möglich«, sagte Rosti ruhig.

Ein letztes Bild erschien vor mir. Nick ging die Treppe hoch, ohne sich umzusehen und mir zu winken.

»Fantasie erlaubt Dinge zurechtzurücken, wie man sie sich wünscht. Sie kann den Verstand überdecken, wenn niemand da ist, um zu widersprechen.« Ich wischte die Träne, die mir die Wange hinunterlief, mit meinem Pulloverzipfel trocken.

Dann liefen viele neue Bilder vor meinen Augen vorbei. Sie wechselten schnell. Nick, wie er lächelte, sorgenfrei und unbefangen. Er sah ein wenig aus wie ein Clown. Rosti stand neben mir und hielt sich an meinem Hosenzipfel fest. Zusammen sahen wir die Bilder, die nun immer schneller wechselten. Nick, wie er als kleines Kind am Strand saß und Burgen baute. Sie sahen aus wie meine Sandburgen von früher. Ein riesiger Haufen mit einem Loch als Eingang. Ringsherum der Burggraben mit einer Brücke, die zum Eingang führte. Ich sah, wie Nick auf einem Segelschiff saß, das Meer überquerte und die Freiheit genoss. Sah seine Hand in der meinen, wie sie geborgen und beschützt war. Seine bunten Filzstiftbilder und die fünfstöckige Torte. Ein anderes Bild erschien. Nick beim Basketball, und immer wieder sein schönes Lächeln.

Ich, der stumme Betrachter, erkannte plötzlich in all den

vielen Bildern Dinge, die mir selbst wichtig, Dinge die mir abhandengekommen waren.

Ich sah MICH.

Regungslos stand ich vor der ständig wechselnden Szenerie und konnte meine Augen nicht abwenden.

Mit aller Deutlichkeit wurde mir plötzlich klar, warum ich so an Nick festhielt. Es musste derselbe Grund sein, weshalb ich Jona die Kirschenohrringe abgenommen und sie mir angesteckt hatte. Warum ich mit Lego spielen wollte, doch meine Legowelt leblos schien. Ich hielt an etwas fest, das gehen wollte. Ich war nicht Kind und nicht erwachsen. Ich suchte Schutz und war allein.

»Es ist nicht schlimm, etwas festhalten zu wollen, was man kennt und Schutz gibt«, unterbrach Rosti meine Gedanken und zupfte an meinem Hosenbein, damit ich zu ihm heruntersah. »Ohne Sehnsucht verliert man seine Träume. Bestehende Träume kann man ohne sie nicht halten.« Traurig lächelnd stützte ich mich an Rostis Schulter ab.

Als letztes Bild sah ich Nick und Janna, wie sie am Fluss standen. Über uns erstreckte sich der weite Sternenhimmel. Meine Erwartungen kannte ich. Nicks hingegen würden mir verborgen bleiben.

»Komm, Janna!« Die kleine Hand an meinem Hosenbein ließ mich los. Rosti wusste, dass ich mit ihm mitkommen würde.

»Manchmal spielt uns die Fantasie einen Streich. Dann ist es wichtig, in die Realität zurückzukehren.«

20 Spielende Schatten

Ich schüttelte die Kissen auf, legte den Kopf langsam darauf ab und deckte mich zu. Es war warm und von draußen prasselten Regentropfen an mein Fenster. Davon wurde ich noch schläfriger und meine Augen fielen langsam und erschöpft zu. Meine Füße kribbelten und sie wackelten schläfrig hin und her. Irgendwann musste ich eingeschlafen sein.

Um vier Uhr nachts wachte ich wieder auf. Obwohl ich unglaublich müde war, konnte ich keinen Schlaf finden.

Neben mir lag mein Kater und ich streichelte über sein seidiges, glattes Fell. Er schnurrte leise. Mein Blick wanderte durch die Dunkelheit zum Fenster. Draußen schien es heller zu sein als in meinem Zimmer. Vielleicht lag es an den Sternen, die heute wieder klarer leuchteten. Lange Zeit mied ich den Blick aus dem Fenster. Die Lichter der vorbeifliegenden Flugzeuge erinnerten mich stets an Nick. Doch nun streifte mein Blick suchend zwischen den Sternen hin und her. Vielleicht flog heute Nacht ein Flugzeug an meinem Fenster vorbei, um mir Nick zurückzubringen. Doch jedes Flugzeug, das ich entdeckte, flog höher und weiter in den Nachthimmel hinein. Müde schloss ich meine Augen wieder und merkte, wie mein Kopf tiefer in das Kissen sank.

Als Nick davongeflogen war, lag ich, wie in dieser Nacht auch, schlaflos in meinem Bett. Es war ein komisches Gefühl, ich konnte weder schlafen noch wach sein. Nur irgendwas dazwischen. Es war ein Gefühl, als müsse man irgendetwas tun, um dieser Zwischenwelt zu entfliehen, zu fühlen, dass man noch am Leben war. Genau dieses Gefühl überkam mich nun wieder. Ich lebte schon zu lange in dieser Zwischenwelt. Die Ereignisse des heutigen Tages verdeutlichten mir, dass es an der Zeit war, der Zwischenwelt endlich den Rücken zu kehren.

Meine Füße hörten auf zu wackeln und die Müdigkeit wich augenblicklich aus den Gliedern. Langsam richtete ich mich auf, streckte die Arme in die Luft und stand schließlich auf. Blut strömte aus den Füßen zurück in meinen Kopf und ich fühlte mich wie Superman, der ein Elixier getrunken hatte und nun fühlte, wie Megakräfte in seiner Brust erwachten. Einige Sekunden genoss ich dieses Gefühl, dann blickte ich mich suchend nach meinem Basketball um, dem ich schon lange keine Beachtung mehr geschenkt hatte. Ich hob ihn auf, wischte Spinnenweben von seinem Leder und drehte ihn zufrieden in den Händen. Superman bekam Lust, draußen auf dem Platz ein paar Körbe zu werfen. Also schaltete er seine Superkräfte ein und ging, den Ball unter den Arm geklemmt, hinaus in die kühle Nacht. Der Freiplatz war beleuchtet und man erkannte den Korb trotz der Dunkelheit gut. Mir fiel sofort auf, dass am Korb kein Netz befestigt war. Verärgert warf ich den Ball gegen das Brett und lauschte dem Aufprall. Ich hasste es, wenn man nicht hören konnte, wie der Ball durch das Netz rauschte, wenn man einen Dreier traf. Ein paar Mal warf ich den Ball auf den Korb, verfehlte ihn, fing den Ball auf, drehte ihn kraftvoll in meinen Händen. Das dumpfe Aufschlagen hallte durch die stille Nacht. Aber niemand schien mich zu hören.

Ich fühlte mich, als sei ich ganz allein in dieser Stadt. Niemand war in der Nähe. Schwarze Sträucher am Rande des Feldes waren meine Zuschauer. Ihre Äste bewegten sich im Wind. Es sah nicht so aus, als wollten sie mir applaudieren.

Ich ließ den Ball ein paar Mal auf dem Finger kreisen und dann auf dem Asphalt aufschlagen. Jetzt fing ich an zu dribbeln, bewegte mich schneller, dribbelte durch meine

Beine, hinter meinen Rücken und warf den Ball in den Korb.

Ich wollte Nick vergessen, um jeden Preis. Die Enttäuschung verschwinden lassen. Meinen Stolz zurückgewinnen, die Zwischenwelt verlassen. Also spielte ich, spielte ohne Pause, ohne einen Moment innezuhalten. Dribbelte und warf, deutete einen Pass an. Mein Schatten schien für einen winzigen Augenblick auf meine Finte hereinzufallen. Diesen Moment nutzte ich und zog blitzschnell an ihm vorbei zum Korb. 1:0. Ich sah meinen imaginären Gegner herausfordernd an. »Ich gebe dir noch eine Chance!« Mein Schatten kriegte mich nicht, ich war ihm viel zu schnell, zu flink, konnte mich geschickt drehen. Doch bei der nächsten Finte packte er mich beinahe. Im letzten Moment wich ich aus, lenkte den Ball eng an meinen Körper vorbei und verteidigte ihn. Wenn ich sauer war, spielte ich viel besser, versank den Ball aus jeder Position im Korb. Vielleicht kann ich mir ja ein Beispiel an ihm nehmen, dachte ich und sah dem Ball hinterher, wie er gezielt durch das Netz rauschte und schließlich auf dem Boden aufschlug.

Langsam durchweichte Schweiß mein T-Shirt. Ich merkte, wie er meinen Rücken hinunterlief.

Dann fing es an zu regnen. Dicke Tropfen fielen auf meine Haare. Sie vermischten sich mit Schweiß. Die Nässe tat gut. Sie war erfrischend und schwemmte den Ärger davon. Ich wollte den Regen auf meiner Haut fühlen, spüren, wie er meine Enttäuschung wegspülte. Einen Moment verharrte ich, hielt den Ball ruhig unter meinem Arm und sah in den Himmel. Die Tropfen fielen auf mein Gesicht, in den Mund. Sie schmeckten salzig. Wie Tränen. Meine Wimpern schützten die Augen vor den Tropfen. Mein Haar war klatschnass und ich strich es aus meinem Gesicht. Dann senkte ich den Kopf und sah hinüber zum Korb.

Dort saß mein Schatten auf der Korbstütze und ließ seinen Kopf hängen. Weil er verloren hatte? Ich ging zu ihm hinüber und setzte mich zu ihm. »Klappt nicht so ganz mit dem Vergessen, oder? Vielleicht schaffen wir es irgendwann«, munterte ich meinen Schatten auf. Möglich, dass Nicks Berührungen leer gewesen waren. Doch mir bedeuteten sie etwas. Da halfen auch keine Superkräfte. Irgendwann sank mein Kopf in die Hände und blieb auf ihnen ruhen. Erschöpft schloss ich die Augen und merkte, wie letzte Tropfen, die sich in den Wimpern verfangen hatten, nun doch in meine Augen fielen. Sie ließen die Farben verschwinden, die man manchmal sieht, wenn man die Augen schließt. So saß ich eine Weile da. Alles war still. Nur ein paar Grillen zirpten leise. Der Regen prasselte nicht mehr so stark. Tropfen fielen noch auf mich herab. Ich sog die frische Luft ein, roch den Duft, der in der Luft lag, wenn es lange trocken gewesen war und der Regen die Erde endlich aufbrach. Zögernd strich ich über meine Augen und blickte endlich wieder auf. Trotz der Dunkelheit konnte ich den gesamten Platz überschauen. Ich sah die Feldlinien des gegenüberliegenden Korbes, kleine Dellen auf dem Boden und dicke Regentropfen, die nach dem Aufprall erst wieder ein kleines Stück in die Luft katapultiert wurden, bevor sie erneut auf der Erde aufschlugen. Man erkannte kleine Knospen an den Büschen, die schliefen und am nächsten Morgen wieder aufwachen würden. Bei genauem Hinsehen bemerkte ich ihre vielen verschiedenen Grüntöne. Die kleinen ausgefransten Spitzen der jungen Knospen waren hellgrün. Dann vermischte sich ihr Grün zu einem dunkleren Farbton und erschien schließlich eher blau. Mir war zuvor nie aufgefallen, dass Knospen verschiedene Farbtöne haben, und nun erkannte ich ihre vielen verschiedenen Grünstiche sogar in der Dunkelheit.

Vielleicht hing ich noch mit einem Bein in der Zwischenwelt fest. Aber mein Kopf schaute sich schon in der neuen

Welt um. Es gefiel ihm dort, denn hier merkte er endlich, wie die Dunkelheit roch. Er sah Wolken in verrückten Formen, die gemächlich über den Himmel zogen. Knospen und wie sie aussahen, Stunden bevor sie zum ersten Mal aufgingen und ihre Köpfe ins Tageslicht hielten. Ich sah hinauf zum Mond, der verdeckt hinter einer seiner Wolken schlief. Trotzdem leuchtete er hell und klar, sodass Verirrte den Weg nachhause finden konnten.

Gedankenverloren ließ ich den Ball hin und her rollen. Nach links, nach rechts, ein Stückchen nach oben. Dann wischte ich über mein Gesicht, um es zu trocknen, und schaute über den Platz. Die schlafenden Bäume waren verwischt und auch die Grüntöne vermischten sich zu einem zarten Aquarellbild.

»Warum ziehst du nicht endlich dein anderes Bein hinter dir her? Du hast doch Superkräfte!«, sagte mein Schatten plötzlich. Verdutzt sah ich zu ihm herüber. »Mit zwei Beinen über Schotterwege zu gehen, ist viel einfacher, als einbeinig über umgekippte Bäume zu springen.« Mich wunderte in diesem Moment gar nicht, dass mein Schatten sprechen konnte, sondern ich war überrascht, was er mir sagte. Woher wusste er von meinem Schotterweg?

Zögernd griff ich nach meinem Ball, hob ihn auf und warf ihn ein letztes Mal auf den Korb. Meine Superkräfte verwandelten ihn mit Leichtigkeit.

»Komm, gehen wir nachhaus. Es ist schon spät.«

21 Cornetto Nuss

Jahrein, Jahraus war ich jeden Tag dieselbe Straße entlanggefahren. Eines Morgens entdeckte ich einen großen Bauzaun und dahinter ein riesiges Loch. Was stand hier bloß vorher? Es wollte mir nicht einfallen.

War ich denn zuvor die Straße entlanggefahren, ohne darauf zu achten, was sie umgab, welche Häuser und Bäume sie umsäumten? Auf dem Bürgersteig standen Lastkraftwagen, die Bauschutt abtransportierten und den Fußgängern den Weg versperrten. Die Straße war seltsam leer und die umgebenden Häuser leuchteten heute auffallend hell. Mein Blick wanderte wieder zur Baustelle. Ein wegfahrender Kleintransporter gab die Sicht hinter dem Bauzaun frei. Eines stand fest: Der große, mit Maschendraht durchzogene Zaun war gestern noch nicht aufgebaut gewesen. Ich drehte die Musik meines Radios etwas leiser und lenkte mein Auto auf einen Parkplatz vor dem Bauzaun. Wie ein Fremder starrte ich auf die Sandkuhle, in die nach und nach kleine Sandkörnchen rieselten. Sie war frisch und je tiefer die Bagger gruben, desto mehr Steine beförderten sie ans Tageslicht.

Neugierig kurbelte ich die Fensterscheibe hinunter, lehnte mich hinaus und sah dem bunten Treiben auf der Baustelle zu. Passanten wühlten in ihren Handtaschen nach einem Labello, zogen den Hund von der Laterne weg oder hetzten im letzten Augenblick über die auf Rot schaltenden Ampeln. Niemand schien die Sandkuhle zu bemerken. Das große Loch an der Straße interessierte sie nicht. Ich zog meinen Kopf durch das Fenster zurück und versuchte mich zu erinnern, was vorher auf dem Platz gestanden hatte. Plötzlich kam es mir wichtiger vor, herauszufinden, was in dieser Straße fehlte, anstatt bei Rot über die Ampel zu fahren oder in der Handtasche nach einem Spiegel zu wühlen. Zuvor war mir nie bewusst gewesen, was man auf einer Straße alles sehen konnte, wenn man sich Zeit nahm, sie genauer zu betrachten. Heute fiel mir auf, dass nicht alle Bäume am Straßenrand gleich alt waren. Manche hatten dickere Stämme oder mächtigere Wurzeln, die den Asphalt durchbrachen. So viel passierte neben der Straße, hinter den Fenstern der Häuser, auf den Bürgersteigen oder in den Händen der Passanten. Je länger ich mir das bunte Treiben der Menschen ansah, desto weniger wollte ich so sein wie sie. Sie rasten an meinem Auto vorbei, ohne mich zu sehen. Ihre Köpfe waren stets zu Boden gesenkt. So konnten sie gar nicht bemerken, dass über Nacht ein Haus verloren gegangen war. Ein kühler Wind wehte über die Haut und meine Poren verengten sich. Ich gewöhnte mich schnell an die frische Brise und meine Gänsehaut verschwand. Gemütlich lehnte ich mich in den Autositz und drehte ein bisschen an dem Rad, das den Sitz nach hinten bewegte. Mit geschlossenen Augen versuchte ich mir vorzustellen, welches Haus hier gestanden haben könnte. Ich öffnete meine Augen wieder und schaute den gehetzten Menschen zu. Sah den vornehmen Herrn, der verzweifelt versuchte, ein paar Fusseln von seinem schwarzen Hut zu zupfen. Es gelang ihm nicht. Die Fusseln wurden magnetisch immer wieder von dem schwarzen Filz angezogen. Aber der Herr wollte es nicht einsehen. Schon drei Ampelphasen hatte er verpasst. Erst als die Ampel zum vierten Mal von Grün auf Rot umsprang, sah der Mann auf und hetzte über die Straße, um seine verlorene Zeit wieder einzuholen. Merkwürdig, dass Menschen Fusseln bemerkten und riesige Sandkuhlen übersahen. Eine Frau setzte ihre Brille ab, zog ein zerknülltes Taschentuch aus der Hosentasche, spuckte einmal hinein und versuchte umständlich, einen winzigen Flecken von ihrem Brillenglas zu entfernen. Auch sie übersah die Sandkuhle, obwohl sie direkt vor ihr stand. Sogar ein kleiner zotteliger Hund hatte es eilig. Er schnüffelte kurz an einem Buchsbaumast am Straßenrand, hob schnell sein Bein und trabte weiter. Er besaß ein rotes Halsband mit silbernen Sternchen. Wahrscheinlich hatte er ein schönes Zuhause. Meine CD begann ihre Lieder von Neuem zu spielen. Ohne auf die Uhr zu sehen, schätzte ich die Zeit. Ich wollte die Zeit nicht sehen, sondern sie fühlen.

Eine Frau fuhr mit ihrem Fahrrad vorbei. Ihr Fahrradkorb war mit vielen Einkaufstüten aus umweltschonendem Papier gefüllt. Zitronen ragten aus einer Tüte hervor. Biozitronen. Ihre Leinenhose verfing sich bei jeder Pedalumdrehung um ein Haar in der schmierigen Fahrradkette. Wenn sie stürzte, würden all ihre Biozitronen unter mein Auto rollen. Zuletzt verlor sie ihren Kassenzettel. Langsam segelte er im Zickzack durch die Luft. Es dauerte einige Sekunden, bevor er geräuschlos auf die Erde glitt. Neugierig hob ich ihn auf und las ihn durch. Äpfel, Fertigsalat und eine Katzendose.

Eine ältere Dame war mit ihrem Rollator am Baustellenzaun angekommen und versuchte neugierig, durch das Drahtgeflecht zu spähen. Sie stellte sich ein wenig auf die Zehenspitzen, ganz vorsichtig, und stützte ihre Arme auf ihre Gehhilfe. Scheinbar konnte sie nichts Interessantes entdecken. Ihre Fersen sanken wieder zu Boden. Sie versicherte sich, dass ihre Handtasche aus billigem Leder noch da war, fasste mit beiden Händen unsicher die Griffe ihres Gefährts, die Hände nah bei der Bremse. Auch ein Stock steckte in einem Nebenfach am Rollator. Vorsichtig und sehr langsam ging die alte Dame weiter. Sie, die mit ihrem Tempo nicht so recht in die hektische Welt passen wollte. Die alte Dame ging am äußersten Rand des Bordsteines. Gab sich Mühe schnell zu gehen, um nicht zu behindern. Aber ihre müden, von Arthrose zermürbten Beine wollten einfach nicht mehr. Sie schnaubte leicht beim Gehen. Es strengte sie an, man konnte es sehen.

Die Zeit verging wie im Fluge. Ich sah so viel wie nie zuvor.

Immer neue Eindrücke wirkten auf mich, ich sah mir die Menschen genau an und machte mir einen Spaß daraus, ihre Vorlieben und Abneigungen zu erraten. Meine Nackenmuskulatur hatte sich beim Beobachten total verspannt. Jetzt rieb ich meine Muskeln und knetete sie. Über mir ging schon die Sonne unter. Die Straßenlaternen um mich herum waren angegangen.

Nun veränderte sich das Leben auf der Straße. Es wurde ruhiger.

Der Hund mit seinem schönen roten Halsband war wieder da. Sein Fell war frisch gebürstet. Scheinbar fühlte er sich wohl. Die Straße gehörte jetzt ganz ihm. Er beschnüffelte die Knospen der Blumen, die sich zum Schlafen einrollten. Jede einzelne für sich. Auch dem Buchsbaum wendete er sich noch mal zu. Ausgiebig sog der Hund die Düfte der Straße ein, die sich im Laufe des Tages an den Knospen festgesetzt hatten. Der Hund nahm sich Zeit. Er war nicht mehr gehetzt. Die Menschen fehlten, die versehentlich auf seinen Schwanz treten könnten. Er sah sichtlich entspannt aus.

Immer, wenn er ein Geräusch hörte, war es auch noch so leise und für mich kaum hörbar, spitzte er interessiert seine Ohren. Das rechte zuerst. Erst wenn er das Geräusch erkannte, fiel sein Schlappohr wieder entspannt nach unten zurück. Ich beobachtete den Hund eine ganze Zeit. Mittlerweile zeichnete sich der Mond am Himmel ab. Es musste schon spät sein. Aber ich nahm den Pullover nicht von der verdeckten Uhr herunter.

Dann plötzlich drehte sich der Hund um. Er sah mich direkt an. Sah mir mit seinen kleinen braunen Augen ins

Gesicht. Musterte mich eine Zeit lang und schien leicht irritiert, dass er doch nicht allein war.

Für eine Sekunde störte ihn das, man sah es. Aber dann entschloss er sich wohl, die Straße mit mir zu teilen. Er wedelte kurz mit seinem buschigen braunen Schwanz und widmete sich wieder hingebungsvoll seinen Blumen. Er war der Erste, der mich heute bemerkte und ansah.

Glücklich fand ich nun die Kraft, meinen Zündschlüssel umzudrehen und endlich nachhause zu fahren.

Langsam lenkte ich mein Auto aus der Parklücke. Ein letztes Mal sah sich der Hund nach mir um. Er sah aus, als ob er lachen würde. Der Mond strahlte hell und leuchtete kräftig. Er würde mich sicher über die dunkle Straße nachhause bringen. Die Straße, die ich nun besser kannte. Als ich im Rückspiegel den Bauzaun verschwinden sah, fiel mir plötzlich ein, was dahinter fehlte. Gestern hatte dort noch ein Kiosk gestanden. Ein Kiosk mit einem Schild davor, auf dem ein riesiges Eis abgebildet war. Cornetto Nuss stand darunter.

22 Zuschauer

»Was machst du denn hier?«, fragte ich Jona, der in aller Herrgottsfrühe vor meiner Haustür stand und Sturm klingelte. »Sag mal, Janna, du hast doch diese Woche frei, oder?« Ich versuchte meine Antwort einen kurzen Moment hinauszuzögern. Wenn Jona dieses Lächeln hatte, war es meistens mit viel Arbeit für mich verbunden. »Warum?«, fragte ich zögernd und schielte auf seinen Wanderrucksack, den Jona fest um seine Schultern geschnürt hatte. »Wir machen einen kleinen Trip. Komm, pack schnell deine Sachen!« Jona schien fest entschlossen. Ich hingegen stand unschlüssig an den Haustürrahmen gelehnt und versuchte eine Ausrede zu finden. Aber mir fiel so schnell nichts Überzeugendes ein. »Meine Socken sind noch in der Waschmaschine.« Jonas Blick, der immer noch euphorisch wirkte, ließ mich erraten, dass meine Ausrede nicht zählte. Also gab ich mich geschlagen. »Ach, was soll's! Komm rein!« Ich zuckte mit den Schultern. Vielleicht ist so ein kleiner Ausflug mal wieder ganz gut.« Jona nickte zustimmend und trat ein. Zufrieden über meine Spontanität hüpfte ich die Treppe hoch und zerrte meinen Rucksack hinter dem Schrank hervor. Dann zog ich meine triefend nassen Socken aus der Waschmaschine und steckte sie zu den anderen Sachen in den Rucksack. »Wo fahren wir denn hin?«, rief ich hinunter, aber ich hörte Jona nur gedruckst antworten. Wahrscheinlich hatte er die Kekse gefunden und gerade seinen Mund voll davon. Im Auto fragte ich Jona noch mal. »Also, Jona, wohin geht's?« Mir schwebte ein Trip in den Harz oder bestenfalls zur Ostsee vor. »Machen wir eine kleine Bergwanderung?« Doch Jona reichte mir eine ADAC-Karte und ich klappte sie neugierig auf. Erst sah ich nur lauter rote Kreise, die mindestens zwanzig Städte sorgfältig umkringelten. Bedenklich verfolgte ich die kleinen Kreise, die plötzlich grün wurden und bis über die Grenze hinaus Städte umkringelten. Schließlich endeten sie in Südfrankreich und ich sah Jona skeptisch an. Der jedoch hielt sein Lenkrad fest umschlossen und sah nicht so aus, als ob er umdrehen und in den Harz fahren würde.

»Für Südfrankreich hab ich gar nicht genug Sachen mit. Geld übrigens auch nicht. Ich dachte, ich muss nur eine Brockenhexe kaufen …« Jona schob eine neue CD ins Radio und stellte das erste Lied auf volle Lautstärke. »Macht nichts, ich hab genug.« Dann kurbelte er sein Fenster hinunter, hielt seinen Kopf in den Wind, sodass seine Haare zu Berge standen, und johlte. »Er meint es ernst«, stellte ich fest. Geschlagen drehte ich mich zur Rückbank um, wo mein Reiserucksack stand, und packte meine nassen Socken aus. Jetzt hatten sie ja genug Zeit, auf der Heckablage zu trocknen.

Die Fahrt dauerte stundenlang und irgendwann war ich eingeschlafen. Als ich noch völlig verschlafen meine Augen wieder öffnete, bog Jona schon zum Campingplatz ein. Neugierig kurbelte ich das Fenster hinunter. Heiße Luft wehte mir ins Gesicht und ich sah überall die sattgrünen Palmen wachsen.

Unser Zeltplatz lag den Sanitäranlagen genau gegenüber. Der Boden war trocken und steinig. Nur mit Mühe schafften wir es, vier Heringe in den harten Boden zu rammen, sodass unser Zelt wenigstens ein bisschen Halt fand. Es sah nicht ganz wie auf der Abbildung aus, denn Jona hatte die Aufbauanleitung zuhause vergessen. Doch Jona und ich krabbelten glücklich und geschafft ins Zelt hinein und rollten unsere Isomatten aus. Bei näherem Hinsehen war unser Zeltplatz schön gelegen. Hinter einem kleinen Wall fanden wir einen Bach, der zwar nicht gerade zum

Schwimmen einlud, in der Abendsonne jedoch durchaus romantisch wirkte (wenn man über die toten Fische, die auf der Oberfläche schwammen, hinwegsah). Jona knipste trotzdem ein Foto, zuckte mit den Schultern und meinte: »Ich retuschiere die Fische nachher am Computer einfach weg.«

Von unserem Zeltvorplatz aus konnten wir alles überblicken. Jona stellte die Klappliegen auf und ich öffnete die erste Flasche Wein. »Ach, Jona, herrlich!« Doch Jona schien mich nicht zu hören. Sein Kopf war im Kofferraum verschwunden und suchte nach dem Gaskocher. »Hast du eher Hunger auf Nudeln oder was mit Reis?«, hörte ich dumpf aus dem Kofferraum. Jona erinnerte mich manchmal an ein Stehaufmännchen. Die ganze Strecke war er gefahren und konnte trotzdem nicht fünf Minuten still sitzen. »Nudeln sind gut«, rief ich zurück und wir kochten unser erstes Festmahl: Nudeln mit Fertigsoße. »Köstlich, Jona! Ich würde sagen, du kochst jetzt immer.«

Vor lauter Essen merkten wir gar nicht, dass es auf dem Campingplatz langsam dunkel wurde. Wir holten unsere Schlafsäcke aus dem Zelt und legten uns zufrieden in die Liegestühle. Nun waren wir Zuschauer und wir beobachteten all die Menschen, die zur Toilette mussten oder mit ihrem Kulturbeutel unterm Arm Richtung Dusche schlappten. Stundenlang sahen wir den vielen Gästen zu und erkannten Menschen wieder, die zum zweiten und dritten Mal zur Toilette gingen. Ein Mädchen schminkte sich bereits zum vierten Mal. Im Halbstundentakt bestrich sie ihre Lippen mit einer neuen Lippenstiftfarbe. Unsere Pappbecher füllten sich immer wieder mit Wein. Ab und zu schlief einer von uns für ein paar Minuten ein, wachte aber sogleich wieder auf. Jonas Wangen leuchteten in der Dunkelheit und er prostete einem älteren Mann mit Glatze zu, der sich auf dem Weg zum Klo die Zähne putzte. »Wie man sich trotzdem verständigen kann, obwohl man die Sprache nicht versteht«, freute ich mich und schenkte mir noch einmal nach. Die vielen Menschen um uns herum zu beobachten, war unterhaltsamer als Fernsehen und im Nu schlich die Nacht an uns vorbei. Einige unserer Zeltnachbarn, die mit den kleinen Kindern, hatten uns schon vor Stunden eine Gute Nacht gewünscht. Mittlerweile hatte ich die dritte Flasche Wein aus der Kühlbox gezogen und je später es wurde, desto mehr Passanten blieben bei uns stehen und setzten sich zu uns. Manche brachten ihren eigenen Stuhl mit. Andere setzten sich auf den trockenen Boden. Es war ein schönes Gefühl, mit Menschen zusammen zu sein, die man nie zuvor gesehen hatte und mit denen man sich trotz anderer Sprache sofort verstand. Irgendwann verschwand die Nacht am Horizont und der Tag schlich leise herbei. Die Fackel, die jemand mitgebracht hatte, erlosch rauchend im Morgengrauen.

Es war Zeit, schlafen zu gehen. Unsere Gäste leerten den letzten Schluck Wein in ihren Pappbechern, klappten ihre Stühle zusammen und verabschiedeten sich.

Morgen werde ich mich bei Jona bedanken, dachte ich noch, bevor ich den Reißverschluss des Zeltes zuzog und glücklich einschlief.

23 Gestreifte Haie

Wir lagen an einer kleinen Badebucht in der Nähe des Campingplatzes. Erst wenige Menschen sonnten sich auf ihren ausgebreiteten Handtüchern. Aus dem kristallklaren Wasser ragten rundgeschliffene Felssteine und einige Kinder versuchten von einem Stein zum anderen zu springen. Meine Füße waren im heißen Sand eingebuddelt und ruhten in der Mittagssonne. Jona lag neben mir und ließ sich die warme Sonne auf den Bauch scheinen. Seine Haut schimmerte schön braun und ich ärgerte mich, dass ich meine Beine zuvor mit Sunblocker eingecremt hatte. Sie fielen in dem weißen Sand überhaupt nicht auf. Jona meinte, so würde ich nie braun, und verbuddelte den Sunblocker unter einem Sandhaufen. Dann fing er an, in unserer Strandtasche herumzuwühlen. Jona konnte keine zwei Minuten still sitzen, während ich am liebsten im Sand eingeschlafen wäre. Endlich hatte er gefunden, wonach er gesucht hatte. Er zog eine Froschaugentaucherbrille hervor, putzte die schmutzigen Plexiglasscheiben sauber und begutachtete sein Fundstück. »Na, willst du Haie jagen?«, neckte ich ihn, doch Jona war schon losgestürmt und ins Wasser gesprungen. Eine Weile sah ich zu, wie er platt auf dem Wasser schwamm und sich die Fische ansah. Dann nahm ich mir eine Zeitschrift und begann zu lesen. Doch nach einigen Minuten legte ich sie wieder weg und schaute hinaus aufs Meer. Jona schwamm immer noch auf der Wasseroberfläche, bewegte sich ab und zu ein paar Meter weiter und verharrte dann wieder stundenlang an derselben Stelle. Er hob nur von Zeit zu Zeit seinen Kopf, um Luft zu holen.

Rund um die geschliffenen Felsen, die aus dem Wasser ragten, lebten nur kleine graugestreifte Fische und einige

Welse, die man in dem sandigen Schlick kaum erkennen konnte. Doch Jona blieb trotzdem stundenlang im Wasser.

Ich hingegen genoss den warmen Sand um mich herum und spürte, wie der Ballast, der sich in der letzten Zeit aufgestaut hatte, langsam von mir abbröckelte. Nicht einen Gedanken verschwendete ich an Nick oder meine Ausbildung. Hier, halb im Sand eingebuddelt, sah ich nur hinaus aufs Meer und spürte Freiheit.

Ich buddelte die inzwischen heiß gewordene Sonnenmilch aus, um meine Lippen einzucremen. Dann steckte ich meinen Finger in den feinen Sand und hob vorsichtig ein kleines Loch aus. Jona lag immer noch selig auf dem Wasser und beobachtete seine graugestreiften Haie. Endlich, nach Stunden sah ich, wie Jona aus dem Wasser kam. Humpelnd, den Schnorchel noch im Mund, kam er zu unserem Platz und hockte sich begeistert neben mich. Seine Haut war schon schrumpelig und ein roter Schnorchelbrillenabdruck zeichnete sich auf seiner Stirn ab. »Auba, bein Buß!«, blubberte er in seinen Schnorchel hinein. »Jona, ich versteh kein Wort. Nimm mal das Ding ab!«, rief ich ihm zu. Er zog den Schnorchel mit einem Plopp aus dem Mund. »Aua, mein Fuß«, wiederholte er nun deutlich und hielt mir seinen Fuß entgegen. »Lauter Schnitte von den Steinen. Das tut vielleicht weh. Sieh dir das an, Janna!« Ich sah keinen einzigen Schnitt.

»Mensch, geh auch mal schnorcheln! Da sind riesige Fische drin, Schwärme«, rief er begeistert und klebte nebenbei lauter Pflaster auf seine Füße. Jona hörte gar nicht mehr auf, von Fischen zu erzählen. »Und einer, der ist direkt durch meine Beine geschwommen. Der war mindestens drei Meter groß, wenn nicht sogar vier.« Jona warf sich auf sein Handtuch, schüttelte aber vorher die feinen Sandkörner sorgfältig von seinem Tuch.

Zufrieden richtete ich meinen Oberkörper auf. Mein Blick ruhte auf dem endlosen Meer. Hier konnte ich glücklich sein.

Sogar Jona hielt es aus, fünf Minuten das glitzernde Wasser anzusehen. Dann jedoch sprang er wieder auf und kramte Kleingeld aus dem Portemonnaie, winkte den Eisverkäufer herbei und kaufte ein Eis mit einer Kaugummikugel obendrauf.

Belustigt sah ich ihm zu, wie er nach dem Kaugummi fischte und es in den Sand fiel.

»Sag mal, Jona, was macht eigentlich dein Studentenleben?«, fragte ich beiläufig. Er machte ein Landwirtschaftsstudium und beschwerte sich dauernd über Rennpferde auf Laufbändern, die er analysieren musste. Doch schlimmer noch als Rennpferde war Ferkeldurchfall. Jedes Mal, wenn ich nach seinem Studium fragte, erzählte er mir davon. So auch dieses Mal.

»Du kannst dir gar nicht vorstellen, wie das stinkt. Und wenn man da erst mal reintritt … So ein Geräusch hast du noch nie gehört.« So was wollte ich mir gar nicht vorstellen. Ich bekam eine Gänsehaut, und das bei 30 Grad im Schatten. »Und bei dir?«, fragte Jona. »Was macht deine Arbeit?« Amüsiert lächelte ich in mich hinein, als ich an meine Missgeschicke dachte. Aber ich hatte keine Lust, davon zu erzählen.

Meine erste Patientin war eine blinde Frau Anfang neunzig und ich bekam die Aufgabe, mit ihr auf die Toilette zu gehen. Also schob ich sie mit dem Toilettenwagen zum nächsten WC. Doch zu meinem Entsetzen war die Toilette für den Stuhl, auf dem die Frau saß, viel zu hoch. So konnte ich den Stuhl nicht einfach über die Toilette fahren, so wie es mir die Schwester erklärt hatte. Fieberhaft überlegte ich damals, wie dieses Problem zu lösen sei, während die Frau immer aufgeregter rief: »Beeilen Sie sich bitte, es ist dringend!« Also stand ich mit Schweißausbrüchen vor der Toilette mit der viel zu hohen Klobrille, mobilisierte all meine Kräfte und stemmte den Klostuhl samt Frau in die Höhe über die Toilettenbrille. Meine Adern stachen vor lauter Anstrengung aus meiner Haut hervor und ich hoffte nur, dass es schnell gehen würde. Die arme Oma saß auf dem Toilettenstuhl, völlig verdutzt und durcheinander und schimpfte: »Das ist sonst aber immer anders, junge Frau, nicht so wackelig!« Meine Arme zitterten und die Frau verrichtete zögernd ihr Geschäft. Um mein Unglück komplett zu machen, hatte ich vergessen, die Tür zu schließen. Die halbe Schwesternschaft und die Bereitschaftsärzte versammelten sich vor der Tür und lachten über mich, während ich die zeternde Frau in die Lüfte hielt. Nach 1000 Stunden beendete sie ihr Geschäft endlich und die Schwester gab ihr grinsend ein Stück Papier in die Hand, während ich sie immer noch in die Lüfte stemmte. »Übrigens, Janna, eine Tür weiter ist die niedrige Toilette. Da passt der Stuhl wunderbar rüber, nur falls du beim nächsten Mal kein Krafttraining mehr machen möchtest.« Dann schloss die Schwester die Tür endlich und das Lachen verstummte.

Jona drehte sich zu mir um.

»Die Klogeschichte, hab ich Recht?« Er kannte sie offensichtlich schon.

24 Ramo und die Steine

Unser Urlaub verging viel zu schnell. Am liebsten wären wir für den Rest unseres Lebens dageblieben.

Obwohl die Sonne schon längst untergegangen war, beschlossen wir, unseren letzten Abend am Strand zu verbringen. Wir breiteten unsere Handtücher auf dem noch warmen Sand aus und Jona entfernte wie gewöhnlich jedes Sandkorn von seinem Handtuch. Dann legte er sich hin und döste. Ich dagegen saß nachdenklich auf meinem Handtuch und blickte über das Meer. Irgendwie bekam ich Angst, meine Freiheit wieder zu verlieren, sobald wir zuhause wären. Meine Augen blickten über den Horizont und suchten etwas. Was genau, konnte ich nicht sagen. Der Himmel erschien mir ungewöhnlich hell. Fragend blickte ich mich nach dem Mond um, konnte ihn aber nirgends entdecken.

Während ich in den sternenklaren Himmel blickte, fiel mir ein Satz ein, den ich mal auf einem weggeworfenen Notizzettel gelesen hatte:

»Was für eine Sehnsucht einen Reisenden überkommt, wenn seine Reise zu Ende geht.«

Nun spürte ich, was sich hinter diesem Satz verbarg. Sehnsucht ... Aber nach was eigentlich?

Mir fiel Ramo ein, mit dem Jona und ich an unserem zweiten Tag in Südfrankreich Karten gespielt hatten. Er war so alt wie wir. Aber sein Leben konnte man mit unserem kaum vergleichen. Ramo lebte mal hier, mal dort. So bezeichnete er seinen Wohnort jedenfalls. Er hätte Medizin oder Chemie studieren können. Stattdessen studierte er das Leben. So jedenfalls rechtfertigte er seine vielen Reisen. Während Jona und ich versuchten, möglichst gut zu schummeln und fünf Karten gleichzeitig auf den Stapel zu werfen, zog Ramo einen kleinen dreckigen Beutel aus seiner Hosentasche. Er leerte ihn aus und tausend kleine Steine fielen auf den Tisch. Es waren verschiedene Edelsteine, ungeschliffen und mit Lehm verkrustet. Einige kleine Steine schienen aus Gold zu sein, waren aber bestimmt nicht viel wert. »Woher hast du die?«, fragte ich halb interessiert und halb Jona beobachtend, damit er nicht besser schummeln konnte als ich. »Aus Afrika«, antwortete Ramo und legte die dreckigen Steine in eine Reihe. »Man muss den Schlamm am Stein lassen. Dann kann man sich besser erinnern, wo man ihn gefunden hat«, erklärte er. Ich warf meine Karten auf den Stapel und sah mir die Steine genauer an. Vorsichtig, damit der Schlamm nicht abbröckelte, nahm ich den ersten Stein der Reihe und begutachtete ihn. »Woher ist der?«, fragte ich jetzt doch interessiert. Ramo nahm ihn mir aus der Hand, drehte ihn ein paar Mal und antwortete dann: »Ägypten 2003. Das ist ein Stein aus einer Pyramide. Ich hab ihn mit dem Messer aus einem Brocken Lehm geschnitten, als keiner geguckt hat.«

Jeder von Ramos Steinen hatte eine eigene Geschichte. Ich weiß nicht, wie viel Ramo sich ausdachte und was er wirklich erlebt hatte. Aber seine Erlebnisse waren spannender als meine Geschichten von Knochenbrüchen und krummen Rücken. Am dritten Abend erzählte er uns bei einem Glas Wein von seiner Schlittenfahrt durch die Arktis. »Schnee schmeckt dort süß, wusstet ihr das?«, fragte er beiläufig und ich schämte mich dafür, dass ich nicht mal wusste, wie Schnee überhaupt schmeckte. Ramo lachte nur und erzählte weiter von seinen vielen Abenteuern auf seinem selbst geschnitzten Schlitten.

Nachdem er gegangen war, überlegte ich, warum er so ein Leben führte und ich nur davon träumte. Auch jetzt, da ich meine Freiheit schwinden sah, fragte ich mich wieder, warum ich einfach nicht den Mut fand, anders zu leben.

Ich war zwanzig Jahre alt und wusste nicht, wie Schnee schmeckte. Ich hatte noch nie barfuß auf einer Schotterstraße Fußball gespielt. Ich konnte nicht singen und traute es mich deshalb auch nicht. Wenn ich nicht mal diese Dinge kannte, warum beschäftigte ich mich dann ausgerechnet mit Knochen und Muskeln?

Die Menschen hier schienen nach ganz anderen Werten zu leben. Ich hingegen brauchte die Sicherheit im Rücken, meine Ausbildung, die ich fertig machen wollte. Als ich das begriff, wusste ich sogleich, warum meine Augen am Horizont nichts finden konnten. Ich war zu feige, etwas zu wagen. Deshalb ging Ramo seinen Weg und ich konnte ihm nicht folgen.

Mittlerweile war der Mond hinter den Palmen aufgetaucht. Langsam wurde es kühl und Jona war eingeschlafen.

Schläfrig hing ich meinen Gedanken nach. Mein Blick streifte den hellen Mond und plötzlich fiel mir etwas auf. Damals erinnerten mich die Umrisse der Mondkrater immer an Nick. Doch nun zeigte mir sein Schatten etwas anderes. Nicks Gesicht war nicht mehr zu erkennen. Tatsächlich hatte ich während des gesamten Urlaubs nicht ein Mal an ihn gedacht.

Natürlich konnte ich sein Gesicht noch in die Luft zeichnen, wenn ich es sehen wollte. Möglich, dass ich einige Sommersprossen vergaß oder wenige Konturen etwas verschwommen gezeichnet waren.

Ganz vergessen konnte ich ihn nicht, denn irgendwie gehörte er zu meinem Leben dazu. Auch in diesem Punkt war ich nicht mutig genug. Ich wagte es nicht, ihn loszulassen und zu vergessen.

Gedankenverloren ließ ich einige Sandkörner durch meine Finger rieseln. Sie waren leicht und vermischten sich schnell wieder mit den anderen Körnern, wenn sie auf den Boden fielen. Es war unmöglich, ein einziges wiederzuerkennen. Vielleicht könnte ich schon wieder ohne Nick leben, überlegte ich und verwischte sein Gesicht, das ich in Gedanken gezeichnet hatte. Dann griff ich in den Sand und fischte ein Körnchen heraus. Irgendwie hatte ich das Gefühl, eines wiedergefunden zu haben. Ich betrachtete es, so gut es ging im Mondschein. Erstaunt stellte ich fest, dass ein Sandkorn gar nicht rund, sondern eher pyramidenförmig ist. Vorsichtig legte ich es zu Jona auf das Handtuch, weil ich befürchtete, es unter den anderen Sandkörnern nicht wiederzufinden.

Dann sah ich zu Jona hinüber. Seine Augen waren geschlossen. Einige seiner Falten auf der Stirn waren verschwunden. Auch er schien Ballast hinter sich gelassen zu haben. Außerdem sah er viel gesünder aus und ich lächelte, als ich seine Füße sah, die überall dort weiß geblieben waren, wo er die Pflaster hingeklebt hatte.

Auch wenn Ramo viel mehr erlebte als ich und die Welt kennen lernen konnte, war ich ihm dennoch einen Schritt voraus.

Ich kannte Jona. Jona mit weißgepflasterten Füßen, mit Kirschohrringen. Jona, wie er mir zahnlos entgegenlachte und Jona, wie er schlafend neben mir liegt und trotzdem da ist.

Dass man einen wirklichen Freund gefunden hat, dachte ich in diesem Augenblick, merkt man daran, dass man keine Angst zu haben braucht, ihn je wieder zu verlieren. Ich kniff Jona kurz in die Schulter und er brummte, ohne die Augen zu öffnen.

In dieser letzten Urlaubsnacht lagen wir am Strand und genossen ein Stück Freiheit, bevor wir zurückfahren mussten, um einen Teil des Ballastes wieder auf uns zu nehmen. Vielleicht fand ich jetzt noch nicht das, wonach ich am Horizont suchte. Aber ich war mir sicher: Wenn ich meine Ausbildung beendet hatte, würde ich das kleine Sandkorn wiederfinden und es in meinen Steinbeutel legen.

25 Kirschblüten

Ein paar Tage später fand ich in unserem Briefkasten einen Brief, der an mich adressiert war. Der Umschlag war hellblau und leicht durchsichtig. Ich versuchte die Schrift zu lesen, die ein wenig durchschimmerte, konnte aber nichts erkennen. Es stand kein Absender auf dem Umschlag, aber ich wusste gleich, von wem er stammte. Die Briefmarke kam aus Vietnam. Zögernd nahm ich den Brief und hielt ihn behutsam in meiner Hand. Eigentlich wollte ich ihn nicht öffnen. Aber uneigentlich schon. Unentschlossen nahm ich den Brief mit in den Garten und legte mich dort auf die Liege. Einige Sekunden starrte ich auf das Kuvert und fand endlich den Mut, es zu öffnen. Behutsam und sorgfältig faltete ich den Brief auseinander und fasste ihn nur am äußersten Rand an, weil ich Angst hatte, Fettfingerabdrücke zu hinterlassen.

Zuerst sah ich mir die kleine, blaue Schrift genau an. Die Tinte war dünn aufgetragen, die Buchstaben unterschiedlich groß. Fast zehn Minuten schaute ich auf das hellblaue Briefpapier. Nicks Schrift wirkte etwas krakelig, als habe er schnell oder auf einer unebenen Unterlage geschrieben. Zum Ende hin wurden die Buchstaben immer kleiner. Als ich endlich begann, den ersten Absatz des Briefes zu lesen, fand ich seine Sätze nüchtern. Zwar erzählte er viel von seiner Uni und dem gewöhnungsbedürftigen Essen in der Kantine. Aber über ihn selbst erfuhr ich nichts.

Mich interessierte wenig, was man in Vietnam aß. So was konnte ich in jedem Kochbuch nachlesen. Ich wollte etwas über Nick erfahren, ob seine Sommersprossen noch alle am selben Platz waren zum Beispiel. Was er sehen konnte, wenn er aus seinem Fenster schaute. Dachte er an mich, wenn er die Sterne sah, so wie ich jedes Flugzeug verfolgte, das nachhause flog?

Stattdessen schrieb Nick von Kirschblüten und wie herrlich sie dufteten. Auch Kirschblüten interessierten mich nicht. Vielmehr, wie seine Hände dufteten, wenn er einige Kirschblüten pflückte und sie zwischen seinen Fingern zerrieb.

Auf der nächsten Seite war Nick offenbar erkältet. Sein vietnamesisches Hustentee-Rezept schien nicht zu helfen, denn auf Seite 3 war er immer noch krank. Einen Augenblick lang träumte ich davon, Nick heiße Milch mit Honig zu schicken. Aber ich kannte seine Adresse nicht und die Milch wäre sicherlich schlecht, bevor sie ankommen würde. Ich faltete den Brief wieder auseinander und sah mir traurig seine Filzstiftbildchen an, die an den Rand gezeichnet waren. Noch immer malte er wie kleine Kinder im Kindergarten. Seine Figuren folgten keiner Gesetzmäßigkeit. Manche trugen runde Schuhe mit zwei kleinen Schlaufen dran. Nicks kleine Filzstiftbilder machten ihn mir wieder vertraut. Es waren Bilder, wie sie kein anderer Erwachsener gemalt hätte. Fünfstöckige Torten mit vier Kerzen obendrauf, obwohl keiner Geburtstag hatte. Am Rande des Briefes ein buntes Feuerwerk mit vielen verschiedenen Farben und ein Pferd mit fünf kleinen Punkten am Hals.

Während ich den Brief zum fünften Mal zusammenfaltete, meinte ich, einen leichten Kirschblütenduft wahrzunehmen. Erinnerungen, von denen ich hoffte, sie endlich vergessen zu können, erwachten wieder zum Leben. Mit ihnen kehrte die Sehnsucht zurück. Sehnsucht nach seinen Berührungen, den kleinen Sommersprossen …

Insgeheim wusste ich, dass es an der Zeit war, Nick zu vergessen, wenn er mich nicht weiter verletzen sollte. Vielleicht musste ich einfach den Kopf aus dem Sand ziehen und es wagen, mich endlich wieder nach neuen Dingen umzusehen. Das Schwierige war nur, dass der Sand schwer war wie Lehm. Während ich den Brief ein sechstes Mal las, fiel mir plötzlich etwas auf. Mein Herz schmerzte überhaupt nicht. Es klopfte ganz ruhig, obwohl mich Nicks Brief traurig stimmte. Liebeskummer tut gar nicht im Herzen weh, sondern woanders, stellte ich verblüfft fest. Ein siebtes Mal las ich nun den Brief, nur um herauszufinden, wo mir Nicks Worte wehtaten. Wieder pochte mein Herz ruhig. Stattdessen krampfte sich mein Bauch zusammen, wenn ich Nicks Worte las. Verblüfft legte ich meine Hände auf die schmerzende Stelle über dem Bauchnabel. Aufgeregt verfolgte ich meine Gedanken weiter, denn ich fühlte mich als Revolutionär, der gerade die Romantik aus der Liebe nahm, und das tat irgendwie gut. Natürlich stimmte meine Idee nicht. Mein Herz zerbrach und ich wollte es nicht fühlen.

Nach unzähligen Malen Lesen und Auseinanderfalten steckte ich den Brief endgültig zurück in den Umschlag und legte ihn unter die Liege. Sollte der Wind entscheiden, ob er den Brief mit sich nahm oder ihn liegen lassen würde.

Heute war ein schöner Tag. Der Himmel zeigte sich blau mit ein paar Wolken, die gemächlich vorbeizogen. Sicher würde es eine sternklare Nacht geben. Vielleicht würde ich mich nachher ans Fenster setzen und mir den Großen Wagen ansehen. Er müsste heute ziemlich weit rechts stehen.

Es war gut, dass Nick mir diesen Brief geschrieben hatte. Vielleicht dachte er nicht viel an mich. Aber vergessen hatte er mich auch nicht.

26 Die Schleiereule

Wir gingen an der Elbe spazieren, meine Oma, ihr Hund und ich. Die Sonne versuchte ihre kräftigen Strahlen durch eine dünne Wolkenschicht zu schieben. Sie färbte dabei den Himmel in zarte rote und orange Töne, die sich wie ein leichter Schleier über die Wolken legten. Eine Schar Wildgänse zog schnatternd über die herbstliche Landschaft. Robbi, der kleine Rauhaardackel schnupperte mal hier, mal da, sprang ins Wasser und erschreckt von der Kälte gleich wieder ans Ufer. Dort schüttelte er sich einmal kräftig, sodass sein Fell in alle Richtungen abstand. Manchmal spitzte er sein rechtes Schlappohr, wenn er nach einer Maus lauschte, die über das dichte Herbstlaub gehuscht war. »Heut ist ein schöner Tag«, seufzte meine Oma. »Es ist noch so angenehm warm, obwohl es schon spät im Jahr ist.« Ich nickte zustimmend. Meine Oma hatte eine Sammelleidenschaft. Sie suchte nach Stöcken, die interessante Formen annahmen. Immer wieder bückte sie sich, hob etwas auf und ließ es dann wieder fallen, oder steckte es zu ihren anderen Fundstücken in die Tasche. Meine Oma konnte in einem einfachen Stock die unglaublichsten Dinge sehen, einmal sogar einen Fuchs. Schon damals, als ich klein war, hatte mich diese Gabe begeistert. Zuhause machte sie ihre Fantasie für uns sichtbar, indem sie den Stock mit Fell und Pflanzenteilen beschmückte und beklebte, sodass auch wir Enkel endlich ihren Fuchs sehen konnten.

»Bald können wir wieder schöne Blätter sammeln gehen, Janna«, sagte sie plötzlich. Ich sah hinauf auf die mit Laub behangenen Bäume. Einige Blätter bekamen braune Ränder, manche waren rötlich geworden. Die braunen Blätter würde meine Oma aussortieren oder gar nicht erst aufsammeln. Am meisten mochte sie skelettierte Blätter, die nur noch aus einem feinen Blattadernetz bestanden. »Solche kann man gut als Feenröcke verwenden«, brachte sie mir bei. Oma nahm nur die schönsten Blätter für ihre Bilder, die sie rahmte und zu Weihnachten verschenkte. Meine Oma konnte Tänzerinnen aus ihren Blättern kleben, die buntgesäumte Röcke trugen. Häuser mit spitzen und runden Dächern, mit Toren und Zäunen drum herum. Auch Elfen und Zauberer konnte sie aus den vielen verschiedenen Blättern kleben. Es machte Spaß, ihr bei ihren Arbeiten über die Schulter zu gucken. Manchmal erzählte sie Geschichten zu ihren Bildern. Meistens Märchen.

»Weißt du, Janna, damals, als ich so alt war wie du, konnte ich mit Eulen sprechen.« Aufmerksam verfolgte ich ihre Geschichte. »Mit den Eulen sprechen?« Meine Oma lächelte verschmitzt. »Na ja, vielleicht haben sie mich gar nicht verstanden. Aber sie sind gute Zuhörer. Wir hielten damals eine schöne stolze Schleiereule in unserem Garten. Irgendwann baute sie sich ein Nest in unserem Schuppen. Ich entdeckte sie, als ich Unkraut jäten sollte und mir den Spaten aus dem Schuppen holte.« Einen Augenblick überlegte ich, wie eine Schleiereule aussah, denn in der Natur hatte ich zuvor noch nie eine gesehen. »Das sind schöne Tiere, oder?«, fragte ich nach. Meine Oma stimmte mir zu. »Oh ja, da hast du Recht. Sie sind atemberaubend schön. Und schlau dazu. Oma erzählte ihre Geschichten von der Schleiereule mit vielen Details. So konnte auch ich bald ihre Schleiereule vor mir sehen. Jedoch vergaß sie während des Erzählens nie, neue Steine oder Hölzer aufzusammeln und zu betrachten. »Schleiereulen sind bedacht, nicht zu viel von ihrer Gestalt zu verraten. Darauf musst du immer achten, wenn du ihr Vertrauen gewinnen willst. Wenn du sie doch durchschaust, lass es sie nicht wissen. Zeig es ihr nicht. Du würdest sonst ihren Stolz verletzen.« Oma lächelte, scheinbar in Erinnerungen schwelgend. »Sie tun dann so, als ob sie dich nicht mehr beachten und sind ein wenig eingeschnappt. Aber sie beobachten dich ganz genau. Nur von einem Ast höher, damit du nicht mehr an sie heranreichen kannst.« Bis zu diesem Teil gefiel mir Omas Geschichte und ich stellte mir eine beleidigte Schleiereule vor, die selbst beleidigt noch wunderschön aussah.

»Eulen haben riesige Flügel. Fast so groß, wie du lang bist«, übertrieb sie ein wenig. »Wenn sie jedoch schlafen, schmiegen sie ihre Flügel eng an ihren Körper, um sich zu wärmen. Sie haben leuchtend runde Augen und manchmal schlafen sie mit einem offenen Auge. Schleiereulen sind sehr wachsame Tiere.« Meine Oma griff nach einem angeschwemmten Hölzchen, das neben dem Wasser lag und halb in der Erde vergraben war. Ich hätte es niemals bemerkt. Aber Oma zog es bedächtig aus dem Schlick, säuberte es mit Flusswasser und strich liebevoll über das raue Holz. »Und die Eulen, Janna, haben wunderbar weiche und warme Federn.« Sie steckte das Hölzchen in ihre Tasche.

Dann hing sie ein paar Minuten ihren Gedanken nach. Sie war vollkommen still geworden und ihre Augen suchten das erste Mal an diesem Tag nicht das Ufer des Flusses ab. Sie schienen in die Ferne zu schauen. Man konnte es nicht genau sagen. Ich sah ihre Augen und wusste nicht, ob sie ein bisschen feucht geworden waren oder ob sich die Sonne in ihnen spiegelte. Doch ehe ich mir darüber Gedanken machen konnte, erzählte sie weiter und ich war ein wenig erleichtert. »Eines Tages, als wir uns schon lange kannten, beschlossen die Eule und ich Freunde zu werden.« Vorsichtig sah ich zu meiner Oma hinüber und beobachtete, ob ihre Augen immer noch glitzerten. »Irgendwann schenkte mir die Eule ihr ganzes Vertrauen und fraß aus der Hand. Sie kitzelte mich, wenn sie mit ihrem spitzen, glatten Schnabel vorsichtig die Körner aufpickte.« Oma griff nach meiner Hand und zwickte ganz vorsichtig in meine Haut. »So ungefähr fühlte es sich an. Ich erinnere mich an dieses Gefühl, als sei es gestern gewesen.« Oma dachte kurz nach, holte einmal tief Luft und fuhr mit ihrer Geschichte fort. »Oft kam sie an mein Fenster geflogen, wenn ich noch wach war und sie nicht schlafen konnte. Ich rief sie nur mit einem leisen ›Schuuuu Schuuu‹, und schon erkannte ich ihre mächtige Gestalt am Nachthimmel.« Oma lächelte still und traurig. Ich konnte mir vorstellen, wie sie jede Einzelheit der Eule vor sich sah. So wie ich manchmal Nicks Gesicht in die Luft zeichnete. Nur hatte Oma ihre Eule schon Jahrzehnte nicht mehr gesehen. »Manchmal hob ich meiner Schleiereule einen kleinen Leckerbissen auf, wenn es für uns Kinder Rosinen gab. Rosinen waren in der Kriegszeit eine kleine Kostbarkeit. Doch ich aß meine Rosine nie selber. Ich schenkte sie immer meiner Schleiereule.« Oma erzählte nicht weiter. Nie erzählte sie das Ende ihrer Geschichte. Stattdessen lächelte sie still und tapfer und sah auf einmal viele Jahre älter aus. Ihr sonst lebhaftes Gesicht wirkte versteinert und ernst.

Mein Großvater hatte mir vor Jahren von Bombeneinschlägen in der Nähe von Omas Haus während des Zeiten Weltkrieges erzählt. Meine Oma war damals jünger als ich jetzt, als der Krieg ganz in ihrer Nähe wütete und schließlich auch ihr Haus erreichte. Als sie schließlich mit ihrer Familie fliehen musste, brannten die Häuser hinter ihrem Rücken nieder, Häuser ihrer Freunde, vielleicht ihr eigenes. Schon damals sammelte meine Oma allerlei Fundstücke. Alle musste sie zurücklassen, da sie nicht in ihren kleinen Koffer passten. Die Soldaten wussten nicht, welche Kostbarkeiten und Erinnerungen sie verbrannten.

Jeder kannte die Geschichte von der Schleiereule und meiner Oma. Sie erzählte sie gern. Aber keiner konnte sich vorstellen, was mit ihrer Schleiereule passiert war. Doch wenn ich mir jetzt das Gesicht meiner Oma ansah, ahnte ich Schreckliches. Mitfühlend sah ich sie an und sie lächelte kraftlos zurück.

Warum bloß erzählte sie ihre Geschichten nie zu Ende? Musste sie mit ansehen, wie ihr Schuppen in Flammen aufging? Der Schuppen, in dem sie ihre Schleiereule kennen lernte? Vielleicht war die Eule einmal unachtsam gewesen, schlief mit geschlossenen Augen, weil sie dachte, den Menschen vertrauen zu können.

Doch mich plagte ein weitaus beunruhigenderer Gedanke: Was ist, wenn meine Oma auch heute noch auf der Terrasse stand, sehnsüchtig in die Dunkelheit hinausblickte und ihre Eule rief? Vielleicht lagen ein paar getrocknete Trauben in ihrer Hand, mit der sie ihre Schleiereule zu locken versuchte. Doch ihre Eule kam nicht. Sie saß auf keinem Ast der alten Fichten in Omas Garten. An keinem Abend, nie. Vielleicht erzählte Oma den Schluss ihrer Geschichte nicht, weil sie noch kein Ende hatte.

27 Kaffee

Der Garten meiner Oma sah immer gepflegt aus. Wenn ich zu Besuch kam, waren die Büsche frisch geschnitten, das Gras auf einen Zentimeter gekürzt und die Terrasse sauber gefegt. Sie hatte einen großen Garten, fast einen Park, mit vielen Tannen und Laubbäumen. Obstbäume, die im Herbst ihre Früchte abwarfen und den Rasen bedeckten. Ich fragte mich oft, wie sie all die Arbeit allein schaffen konnte.

Mein Opa war vor einigen Jahren gestorben. Früher pflegte er den Garten. Als er starb, riss meine Oma zuerst alle Pflanzen, die er mühselig gepflanzt und großgezogen hatte, heraus. Nach ein paar Tagen allerdings grub sie die halb vertrockneten Büsche und Blumen weinend wieder ein. Die Büsche hatten sich nach einer Weile erholt. Meine Oma nicht. Oft erzählte sie vom Krieg. Ich konnte mich in ihre Erlebnisse und Kummer nicht richtig hineinversetzen. Einerseits tat es mir leid. Andererseits war ich froh, nicht wissen zu müssen, wie man im Krieg empfindet und lebt.

Einmal erzählte sie von einem Fallschirmjäger, der aus dem Flugzeug sprang und sich an einer Schraube des Flugzeuges verfing. Dort hing er an einem Seil frei in der Luft und sah nach unten. Das kleine Flugzeug geriet unter Beschuss und seine Kameraden drängten darauf abzuspringen. »Man hat ihn abgeschnitten«, erzählte meine Oma nüchtern. Viele ähnliche Geschichten folgten, auch über ihre Kindheit. »Damals war alles so prunkvoll und ordentlich!« Oft lobte sie diese schreckliche Zeit und ich erschrak jedes Mal, wenn sie übersah, wie viele Menschen Hitler tötete. Erst als ich älter wurde, erkannte ich irgendwann, dass sie ihre Erinnerungen brauchte. In dieser Epoche voller Schmerz und Verzweiflung lernte sie meinen Opa kennen. Meinen Opa, der ihr so schrecklich fehlte. Oma erzählte schöne Dinge über den Zweiten Weltkrieg, weil ihr sonst das Letzte genommen wurde, was sie an Opa erinnerte. Der Krieg war ihre Jugend, ihre Kindheit. Vielleicht musste sie auch viel verarbeiten und niemand hörte ihr zu. Doch sie wollte ihn in ihrem Herzen behalten und scheinbar konnte sie das nur, indem sie die gemeinsame Zeit mit Opa immer wieder und wieder in ihren Gedanken durchlebte. Wer hatte das Recht, ihr Opa wegzunehmen? So entschloss ich mich, ihre Geschichten anzuhören. Irgendwann fand ich heraus, dass manche Geschichten auch schön waren. Sie gefielen mir, vor allem wenn sie vom Gänsehüten erzählte. Ich malte mir gerne aus, wie die vielen Gänse auf der Wiese standen und wie meine Oma mit ihnen über den Fluss ans andere Ufer schwamm.

»Janna, möchtest du noch ein Stückchen Kuchen?«, erweckte sie mich aus meinen Gedanken. »Danke Oma, ich bin wirklich total satt. Aber du hast erst ein Stück gegessen, nimm du noch eins!« Sie stülpte eine Schale über den Kuchen zum Schutz gegen die Insekten. »Ach, Janna, ich hab doch schon gegessen!« Oma ging wieder hinein, um eine weitere Kanne Kaffee zu kochen und den Hund zu suchen. Ich blieb auf der Terrasse sitzen und hing meinen Gedanken nach. Mein Blick schweifte zu den Büschen, die Opa einst pflanzte. Sie waren ein ganzes Stück gewachsen, seit mein Opa tot war. Schon lange lebte meine Oma allein in dem großen Haus. Es musste wehtun, allein in einem Haus zu wohnen, das für zwei Menschen gebaut wurde. Leer und einsam erschien es mir jetzt. Nicht im Geringsten konnte ich erfassen, wie traurig meine Oma sein musste und trotzdem stand sie immer wieder auf, um mir Kaffee zu kochen oder mit mir Blätter am Wasser zu suchen. Und ich hatte mir so oft nicht mal die Mühe gemacht, ihre Geschichten anzuhören.

Leere, einsame Häuser erinnerten mich daran, dass es

niemandem erspart bleiben würde, mal einen geliebten Menschen zu verlieren. Man konnte ihn nicht zurückholen, ihn nicht mehr neben sich fühlen. Doch man konnte Büsche pflanzen oder Geschichten von ihm erzählen, um sich zu erinnern und ihm ein Stückchen näher zu sein. So wie meine Oma es tat.

»Kaffee!«, rief meine Oma fröhlich und erschien in der Terassentür. Einen Moment blieb sie stehen, um auf den Hund zu warten. Er schlich zwischen ihren Beinen hindurch, setzte sich erwartungsvoll neben mich und trommelte mit seinem Schwanz auf die Steinfliesen. Der Kaffee roch nach frischen Bohnen und etwas Milch. Oma kochte den besten Kaffee der Welt.

Wir saßen noch eine lange Zeit auf der Terrasse und genossen die späten Sonnenstrahlen. Sie erzählte keine Geschichten mehr über den Krieg. Stattdessen erzählte sie von ihren Plänen, eine kleine Bootstour zu machen. Omas Dackel wackelte immer noch mit dem Schwanz und ich bückte mich zu ihm hinunter, um sein Fell zu streicheln. Früher, als ich klein war und mit meiner Familie zu meinen Großeltern fuhr, dachte ich zuerst an die Schokolade hinten im Schrank und an den Spielplatz um die Ecke. Dass Oma alt war, bemerkte ich damals kaum. Wenn man klein ist, unterscheidet man nicht zwischen jung und alt. Die Zeiten veränderten sich. Nun war ich selbst erwachsen und kam nicht mehr wegen der Schokolade. Es war an der Zeit, meiner Oma ein bisschen Freude zurückzugeben, ihren Kummer ein wenig zu lindern. Als Erwachsener kann man bestimmte Sachen nicht mehr übersehen, die man als Kind gar nicht bemerkt. Trotzdem wünschte ich mir oft genug die Zeit zurück, in der mir Leid und Kummer fremd waren und man fröhlich mit dem Dreirad durch Omas Garten flitzen konnte. Vielleicht denkt jeder an eine Zeit, in die er gerne zurückkehren möchte.

Spät am Abend musste ich wieder nachhause fahren. Oma stieg die vielen Stufen in den Keller hinab und brachte eine Schachtel mit edler Schokolade hoch, die sie mir in die Hand drückte.

Draußen winkte sie noch bis zur nächsten Ecke. Als ich an einer großen Kiefer nah bei ihrem Haus vorbeifuhr, blickte ich automatisch hoch in ihr Geäst. Einen Augenblick war mir, als höre ich ein leises »Schuuuu Schuuu«. Hoffentlich war Omas Schleiereule ganz in der Nähe und passte auf sie auf.

28 Black Beauty

In meiner alten Heimat, in der ich zehn Jahre lang mit Jona Tür an Tür gewohnt hatte, hatte sich nicht viel verändert. Meine Füße kannten noch all die Wege auswendig, die sie früher, als ich noch klein war, gegangen waren. Sie wussten, wo die alten Backsteine des Gehwegs ein bisschen uneben waren, kannten die Muster der Furchen auf dem Weg.

Ich hatte gedacht, Jona sei vielleicht zuhause. Aber als ich an der Tür klingelte, fiel mir ein, dass er heute eine Klausur schreiben musste. Vielleicht kam er morgen oder übermorgen nachhause. Ratlos stand ich vor seiner Tür. Nicht mal seine Eltern schienen da zu sein. Mein Blick wanderte hinüber zu unserem alten Garten. Die Hecken waren gewachsen, wucherten wild und sahen ungepflegt aus. Unser Kirschbaum fehlte. Darauf war ich ja vorbereitet. Das Haus, auf dessen Dach wir uns früher versteckt hatten, war umgebaut und nicht mehr als mein Kinderhaus zu erkennen. Einzig die alte Gartenpforte sah so aus wie früher. Sie kam mir jedoch nicht mehr so groß vor. Damals war es schwer, beim Versteckenspielen schnell über sie hinüberzuklettern. Die Jalousien vor meinem Zimmerfenster versperrten die Sicht hinein und die Kiefer davor stand auch nicht mehr. Sie hieß Aramis. So taufte ich sie einmal. Unter ihren mächtigen hölzernen Wurzeln vergrub ich die Muschel Löwengrautz, als sie starb. Löwengrautz fand ich damals in einem großen See und nahm sie mit nachhause. Eines Tages lag sie aufgebrochen auf dem Stein und ihr Körper war verschwunden, vielleicht von einem Vogel gefressen.

Unschlüssig ging ich hinüber zu meiner alten Gartenpforte und lugte über sie hinüber. Um mir die Zeit zu vertreiben, entschloss ich mich, noch ein wenig herumzuspazieren und zu sehen, was es Neues gab. Die Reihenhäuser sahen alle gleich aus und ragten mit ihren spitzen Halbdächern in den grauen Himmel. Früher kannte ich alle Namensschilder der Häuser auswendig. Nun waren mir viele fremd. In den Vorgärten wuchsen andere Blumen als früher. Gartenhäuser standen auf den viel zu kleinen Grundstücken und versperrten die Sicht auf die Terrassen. Bäume, die früher so groß waren wie ich, waren prächtig in die Höhe gewachsen. Doch im Grunde war alles beim Alten geblieben, stellte ich zufrieden fest. Am Ende unserer Häuserreihe musste man früher immer klingeln, wenn man mit dem Fahrrad um die Ecke bog. Nun stand ich hier und ein kleiner Junge mit seinem Dreirad kam um die Ecke geschossen. Er guckte nicht, aber geklingelt hatte er. Genau wie wir damals, dachte ich und lächelte in mich hinein.

Ich schlenderte die alten Wege entlang. Sie waren mir bekannt wie meine Westentasche. Kannten die gefährlichen Kurven, den Apfelbaumgarten und den Garagenplatz, der hinter den letzten Büschen erschien. Manche Dinge standen oder wuchsen nach wie vor an ihrem Platz. Aber sie waren mir in anderer Erinnerung. Bäume wirkten kleiner als früher. Das Bunte fehlte.

Nun kam ich zu unserem alten Garagenplatz. Plötzlich konnte ich den Geruch unserer Garage riechen. Etwas nach Benzin. Und Keller dazu. Irgendwie gut. Damals bemalten einige Nachbarn ihre Garagentüren mit bunten Landschaften oder Figuren. Unsere war grau. Gedankenverloren strich ich über die erste Tür. Die Tür von Müllers. Müllers hatten damals zu wenig Farbe gekauft und mussten die Blätter des Baumes auf ihrem Garagentor blau malen. Auf der nächsten Tür war Donald Duck mit einem viel zu großen Schnabel abgebildet. Alle Farben waren verblasst. Auf der Straße spielten ein paar Kinder mit Stelzen. Sie spielten Pferd, das hatten wir auch immer gespielt. Schwarze Stelzen waren immer schnelle Pferde. Sie hießen Black Beauty und waren die besten Pferde weit und breit. Eine Weile setzte ich mich auf den abgeflachten Bordstein und sah den Kindern beim Spielen zu. Drüben auf der Straße galoppierten die Stelzen eines Mädchens klappernd über die Straße. »Hüa! Schneller!«, rief sie und die anderen versuchten sie einzuholen. Das Mädchen besaß das schnellste Pferd, kein Zweifel. Ich bewunderte die Kinder um ihre Fantasie und bedauerte, dass so wenig davon übrig blieb, wenn man erwachsen wurde.

Dann wiederum fragte ich mich, ob man seine Fantasie tatsächlich verlor. Vielleicht war es eher so, dass Vernunft mit der Zeit die Überhand gewann. Fantasie war einfach nicht mehr so rein wie früher, sondern immer hinterfragt. Vieles veränderte sich mit der Zeit. Nachbarn zogen um, Hecken wuchsen in die Höhe und Wiesen wurden bebaut. Auch die Nussbäume sahen kahl aus. Ich war mir nicht mal sicher, ob sie Nüsse trugen. Aber eines war gleich geblieben und würde gleich bleiben. Es gab immer Kinder, die spielten, unbefangen und sorglos. Sie spielen einfach wie wir früher. Um sechs gab es Abendbrot und wenn Schulferien waren, durfte man nach dem Abendessen noch mal raus. Irgendwie sehnte ich mich danach, auch mal wieder zu spielen. Zu spielen wie ein Kind.

Wir Kinder hier in der Gegend kannten uns damals alle. Oft zankten wir, vertrugen uns aber sogleich wieder. Niemals war man lange beleidigt. Zu groß war die Gefahr, etwas Spannendes zu verpassen. Auch heute schienen sich die Kinder alle zu kennen. Es gab wieder eine Anna, die immer Recht hatte und alles besser wusste, einen Max, der schüchtern in der Ecke stand und den Ball beschämt zurückrollte. Einen Andi, der nur raufen wollte, eine Janna und einen Jona, die für immer Freunde bleiben würden.

Es war kurz vor sechs. Die Kinderschar löste sich langsam auf, um zum Abendbrot pünktlich zuhause zu sein. Eine Weile blieb ich noch auf meinem Bordstein sitzen und grübelte. Vielleicht würden auch ein paar von diesen Kindern einmal hierher zurückkommen. Dann würden sie sehen, wie ihre Hecken groß geworden sind. Sie würden ihre Garagenbilder wiedererkennen und einige neue finden. Auch sie würden problemlos all die alten Wege gehen, über Stolpersteine springen und sehen, wie sich ihre Gärten verändert haben. Sie würden ebenfalls spielende Kinder finden, kleine Annas, Andis und Jonas, die mit Stelzen über die Straße galoppierten. Doch auch sie müssten erkennen, dass man für Abschlagen im Dunkeln irgendwann zu groß geworden ist.

29 Unwirklichkeit

Konzentriert stand ich an der schwarzen Linie und übte Freiwürfe. Mein Trainer war zufrieden, denn ich verwandelte jeden Wurf. Der orange Ball flog in einem Bogen zielgenau durch den Korb und berührte das Netz nur leicht dabei. Nach zwanzig Würfen stellte ich mich eine Linie weiter nach hinten. Auch von hier flogen die Bälle mit Leichtigkeit durch den Ring. Die letzten Wochen hatte ich gut trainiert und konnte die nächsten Spiele kaum erwarten. Mein Trainer warf mir den Ball zurück. Ich drehte ihn einmal auf dem Finger, dann warf ich erneut. Der Ball kreiste einige Male auf dem Ring und flog durch das Netz. »So, das war's für heute«, rief mir mein Trainer zu und begann die Bälle, die überall herumlagen, in einem kleinen Container zu sammeln. Ich blieb noch eine Weile an der blauen Linie stehen. Meine Konzentration war verflogen. Wie eine Wurfmaschine warf ich weiter auf den Korb, fing den Ball auf und warf erneut. Eigentlich dachte ich aber an etwas ganz anderes.

Nach unserem Urlaub in Südfrankreich war mir aufgefallen, dass sich Jona ganz schön verändert hatte. Er kam mir selbstständiger vor. Sogar mit seiner riesigen Taucherbrille wirkte er irgendwie erwachsener. Nachdenklich drehte ich den Ball in meiner Hand und zählte die vielen Noppen auf dem Kunstleder. War ich auch verändert? Ließ mich die Zeit ohne Nick anders werden? Grübelnd warf ich den Ball mehrere Male in die Luft und fing ihn wieder auf. Dabei beobachtete ich seine Flugbahn. Der Ball bewegte sich jedes Mal anders.

Ein Jahr war nun vergangen, seitdem Nick einfach verschwunden war. Wie schnell das Jahr vergangen war. Nur zu gut erinnerte ich mich an meine Sorgen, dass Nick sich in Vietnam verändern würde. Rosti hingegen meinte, vielleicht würde auch ich mich weiterentwickeln. Okay, Sängerin bin ich nicht geworden. Aber war ich tatsächlich verändert?

»Komme mir gar nicht verändert vor«, erzählte ich dem Ball in meiner Hand. »Vielleicht bin ich vernünftiger geworden?« Der Ball wollte mir keine Antwort geben. »Das war keine rhetorische Frage«, stupste ich ihn an und er fiel von meiner Hand. Ich hob ihn wieder auf und klemmte ihn unter den Arm. Mein Trainer schien schon gegangen zu sein. Die Hallenbeleuchtung glimmte nur noch auf der linken Seite.

Hatte ich irgendwas erreicht?, fragte ich mich und suchte nach dem Schalter für das Licht auf der anderen Seite. Nachdem ich ihn gefunden hatte und es wieder hell in der Halle war, stellte ich mich zurück an die blaue Linie. Jeden Montag stand ich an dieser Linie und warf Freiwürfe. Sogar den Ball drehte ich nach wie vor einmal im Kreis, bevor ich ihn in den Korb warf. Doch irgendwie fühlte es sich anders an, wenn ich nun an der Linie stand. Nicht so wie noch vor ein paar Monaten. Die Bälle flogen leichter durch das Netz. Meine Füße standen entschlossener auf dem Boden. Auch mein Wurf war besser geworden. Noch immer fühlte ich mich hier, an der blauen Linie, wohl. Aber irgendwie wollte ich weitergehen. Ich merkte plötzlich, dass mir andere Dinge wichtiger geworden waren.

»Dich werfe ich jetzt hinters Handballtor!« Der Ball sah nicht aus, als ob er einverstanden war. Aber das machte mir nichts. Er schlug einmal gegen die Wand. Dann prallte er ab und landete hinter dem Tor, wo er still liegen blieb und sich nicht mehr vom Fleck bewegte.

Entspannt setzte ich mich auf die Bank. Plötzlich kam Markus herein, der frisch geduscht aussah und ein Handtuch um seinen Kopf gewickelt trug. »Gut, dass du noch da bist«, sagte er, »hab ganz vergessen zu fragen, ob du Lust hast, am Wochenende mit zum Beachbasketball zu kommen.« Gespannt trank ich einen großen Schluck warmes Wasser aus meiner Flasche und bewegte es in meinem Mund hin und her, ehe ich es herunterschluckte. Markus faltete einen kleinen Zettel auseinander und gab ihn mir zu lesen. »Musst dich schnell entscheiden. Dann kann ich uns heute noch anmelden.« Ohne zu zögern faltete ich den Zettel wieder zusammen und gab ihn Markus zurück. »Hört sich gut an. Bin dabei.« Markus klopfte mir auf die Schulter. »Wir gewinnen bestimmt«, sagte er zufrieden und verließ die Halle. Dann jedoch tauchte sein Kopf noch einmal im Türspalt auf. »Ach, Janna! Nicks Mannschaft spielt übrigens auch. Er ist wieder zurück.« Markus hob ein zweites Mal die Hand zum Gruß und merkte nicht, wie sich meine Miene versteinerte und ich auf der Holzbank zusammensackte.

Hatte ich das eben richtig verstanden? Er war wieder hier? Mit zitternder Hand drehte ich den Deckel von meiner Wasserflasche auf und nahm noch einen Schluck. Sobald das Wasser in meinem Bauch landete, schoss es wieder zurück in meine Speiseröhre. Ich würgte und verschluckte mich. Hustend sackte ich noch mehr zusammen und legte mich auf die Bank.

»Nick ist wieder da«, wiederholte ich Markus' Worte, von denen er nicht ahnen konnte, was sie in mir auslösten. Lose schwirrten sie in meinem Hirn herum. Rabenschwarz und schwer stießen sie an meine Gehirnwände, was höllisch wehtat. Seufzend atmete ich tief ein, um mich ein wenig zu beruhigen. Schloss meine Augen und ließ die Luft langsam wieder aus meiner Lunge fließen. Woher kannte Markus Nick eigentlich? Vor allem, warum wusste er vor mir, dass er wieder zurück war? Mein Rücken schmerzte, meine Traurigkeit verwandelte sich in Wut.

»Warum sagt er mir nicht Bescheid, wenn er zurück nachhause kommt?« Er schien mich wirklich vergessen zu haben. Waren meine Befürchtungen also tatsächlich wahr geworden? Meine Wasserflasche glitt mir aus der Hand und rollte im Zeitlupentempo davon. Ich sah ihr zu, wie sie über den Boden schlich, bis ich es nicht mehr ertrug, sie aufhob und mit aller Kraft zu den Bällen hinter das Tor schleuderte. Wütend griff ich nach meiner Sporttasche und schwang sie über meinen schmerzenden Rücken. Enttäuscht ging ich am Lichtschalter vorbei, dachte gar nicht daran, die Deckenbeleuchtung auszuknipsen und wünschte mir, dass die Halle in Flammen aufging.

Draußen, vor der Halle atmete ich begierig die kühle Abendluft ein. Noch nie war mir aufgefallen, wie sehr ich Luft zum Leben brauchte. Trotzdem ich Leben in mir fühlte, schien mir alles unwirklich. Die schwarzen Bäume um mich herum. Ihre Äste, die im Wind knarrten, und die Dunkelheit, in der ich versank.

Wie in Trance stieg ich in mein Auto und schloss die Tür. Automatisch drückte ich auf den Knopf des Radios. Es spielte ein Lied, dessen Namen ich nicht kannte. Irgendein Lied. Ein unwirkliches Lied. Eine Zeit lang saß ich nur da und ließ die Situation auf mich wirken. Sie schmerzte und machte wütend. Traurig blickte ich nach draußen, ohne etwas zu sehen, ich dachte nicht nach. Unwirklichkeit fühlt sich an wie taube Augen und blinde Ohren.

Irgendwann berappelte ich mich und fasste den Entschluss, Nick fortan aus dem Weg zu gehen. Diese tanzenden Sommersprossen passten auch gut in die Unwirklichkeit. Sommersprossen können nicht tanzen. Erschöpft lehnte ich mich in den Sitz, griff nach meinem Handy und sagte Markus ab. Erst danach startete meine gelähmte Hand den Motor und lenkte mich durch die Dunkelheit nachhause.

Als ich nachts im Bett lag, fiel mein Blick durch einen kleinen Gardinenspalt. Dahinter erahnte ich die Sterne. Komisch. Ich hatte so oft aus dem Fenster geschaut, um das Flugzeug zu suchen, das Nick nachhause brachte. Jetzt hatte ich es verpasst.

Als ich schließlich einschlief, erschien Nick kein einziges Mal in meinen Träumen. Kann sein, dass ich mich mehr verändert hatte, als ich mir vorstellen konnte. Vielleicht steckte mein zweites Bein nicht mehr ganz so tief im Schlamm der Zwischenwelt.

30 Schatten im Gesicht

Obwohl es schon Anfang Mai war, blieb es kalt draußen. Trotzdem lag ich im Garten auf der Liege und genoss die noch kühlen Sonnenstrahlen. Das erste, zarte Licht dieses Jahres ließ mich vom Sommer träumen. Von seichten Wellen und heißem Sand, in dem die Füße beim Gehen einsanken. Wie gern hätte ich jetzt wieder mit Jona am Strand gelegen! Ich drehte mich zur anderen Seite, denn dort schien die Sonne ein bisschen wärmer. Schläfrig schloss ich die Augen und döste vor mich hin. Mein Hund bellte am Zaun, doch das störte mich nicht. Vielleicht war ein Spaziergänger an unserem Garten vorbeigegangen.

Die Frühlingsluft roch schon nach Blüten. Begierig sog ich sie auf. Zum allerersten Mal musste das verregnete Grau in Grau den Sonnenstrahlen weichen. Aus der matschigen Erde begannen hellgrüne Blütenstängel zu sprießen. Auf einmal war die zarte Wärme der Sonnenstrahlen verschwunden. Ich spürte sie nicht mehr in meinem Gesicht. Bestimmt war die Sonne hinter ein paar Wolken verschwunden. Doch der Schatten verschwand nicht und mir wurde langsam kühl.

Als ich die Augen schließlich öffnete, erschrak ich. Vor mir stand Nick.

Mit einem Male war ich hellwach und richtete mich so schnell auf, dass der Liegestuhl mit mir nach hinten kippte. Vorsichtig rappelte ich mich wieder auf und sah nun das volle Ausmaß von dem, was vor mir stand. »Was machst du denn hier?«, fragte ich skeptisch und noch immer unsicher, ob ich nicht doch eine Fata Morgana vor mir sah. Sommersprossen fingen an zu tanzen. Tanzten überall hin, fingen an zu lachen. Der Schatten wich aus meinem Gesicht. »Wollte sehen, wie es dir geht«, fing Nick an und wartete gespannt auf meine Reaktion. Er wirkte unsicher, als ob es ihn viel Überwindung kostete, mit mir zu reden. Lange und prüfend sah ich Nick an. Keiner sagte ein Wort. Sogar die kleinen Sprösslinge in der Erde reckten neugierig ihre Knospen, um besser sehen zu können.

Zögernd ging ich einen Schritt auf ihn zu. »Was machst du hier?«, wiederholte ich meine Frage mit einem vorwurfsvollen Unterton.

Nick dachte einige Sekunden nach, dann schließlich entgegnete er zögernd: »Vielleicht wollte ich dich sehen …«

Das fiel ihm also nach einem Jahr endlich ein? »Du bist schon über einen Monat zurück. Warum kommst du jetzt?«, antwortete ich trotzig. Viele Fragen schwirrten in meinem Kopf umher und mindestens doppelt so viele Vorwürfe. Ich verkniff sie mir und wartete ab, was Nick zu sagen hatte.

Doch er schaute zu Boden und sagte nichts. »Willst du was trinken?«, versuchte ich die schmerzende Stille zu durchbrechen und Nick nickte erleichtert.

Wortlos ging ich ins Haus und ließ ihn allein im Garten zurück. Während ich Tee aufsetzte, beobachtete ich Nick durch das Fenster. Er setzte sich auf die Liege und kippte im selben Augenblick ebenfalls nach hinten. Mühsam rappelte er sich wieder auf und fing an mit dem Hund zu spielen. Lächelnd sah ich ihm dabei zu und mir fiel wieder ein, warum er mir so schrecklich gefehlt hatte. Trotzdem sah ich mich in einem Konflikt, der mich daran hinderte, einfach hinauszugehen und mich zu ihm zu setzen. Er hatte mich verletzt. Nicht weil er gegangen war, sondern weil er mich allein gelassen hatte. Der Drang, mich zu ihm zu setzen, war riesig und gleichzeitig schmerzend. Es hatte so lange gedauert, bis mein Stolz wieder einigermaßen hergestellt war. Nun kam Nick zurück und ließ mich allen Kummer vergessen. Zu einfach für ihn. Warum war er hier?

Irgendwie traute ich dem schönen Bild nicht. Es würde zerbrechen. Genau dann, wenn Nick entscheiden würde, wieder zu gehen. Stolz zu reparieren dauert lange. Noch mal würde ich kaum die Kraft dazu haben. Es war besser, nicht auf schöne Bilder hereinzufallen. Nick saß auf der Liege und sah genauso verloren aus, wie ich mich fühlte. Die Teekanne riss mich aus den Gedanken. Sie pfiff leise.

Beim Hinausgehen wurden meine Beine schwer wie Blei. Nur mit Mühe ließen sie sich vorwärts bewegen. Meine Schritte wurden kleiner und zögernder, je näher ich Nick kam. Ich kam mir vor wie ein Volltrottel, wie ich das Tablett mit überschwappenden Tassen balancierte und versuchte, mir das Lächeln zu verkneifen. Er nahm mir eine Tasse ab und grinste mich an. Zögernd setzte ich mich neben ihn und merkte, wie sehr er mir gefehlt hatte. Nick trug ein dünnes Long Sleeve, dessen Ärmel ein wenig nach oben geschoben waren. Auf seinen Armen sah ich Gänsehaut. Aber es war unmöglich zu erraten, ob er nervös war oder ob er einfach nur fror. »Wird Zeit, dass endlich Sommer wird«, bemerkte ich beiläufig, während ich meinen Tee schlürfte. Eine Weile saßen wir schweigend nebeneinander und tranken unseren Tee.

»Wie war Vietnam?«, fragte ich, ohne es wissen zu wollen, nur um die Stille irgendwie zu durchbrechen. »Gut«, entgegnete er knapp. Nick fing an, umständlich in seiner Hosentasche herumzuwühlen und zog schließlich einen völlig zerknüllten Zettel hervor: »Hier, warum ich eigentlich da bin!« Er reichte mir das Stück Papier und ich versuchte zu entziffern, was darauf stand. Die blaue Tinte war zerlaufen, die Schrift nur noch schwach erkennbar. Dann gab ich den Zettel zurück und berührte dabei Nicks Hand eine Sekunde länger als nötig. »Kann nichts lesen.« Nick schien etwas enttäuscht. »Das ist doch mein Segelgutschein, den du mir geschenkt hast!« Jetzt sah ich mir den

Zettel genauer an und erkannte ihn endlich. »Man kann die Schrift nicht mehr so gut erkennen, weil ich ihn immer in meiner Hosentasche getragen hab.« Nick war wieder hier, mit einem zerfledderten Segelgutschein in der Hand, den er ein Jahr bei sich getragen hatte. »Du willst jetzt also segeln?« Nick lächelte bejahend mit seinem schönen Nicklachen.

Was würde passieren, wenn ich Nick auf mein Boot einlud? Würde mein Stolz danach wieder zerbrochen sein und für immer verloren? Konnte es sein, dass Nick bleiben und alles gut werden würde? Konnte ich meinen Schotterweg verlassen oder würde ich weiter darauf gehen? Wo würde er mich hinführen? Ich wusste es nicht. Aber wenn ich es nicht ausprobierte, würde ich es nie erfahren.

»Komm mit, Nick! Gehen wir segeln!«

31 Erfindungen

Nick übernahm das Ruder und hielt die Großschot fest in der Hand. Er öffnete das Segel ein wenig und gewann sofort an Fahrt. Wasser spritzte gegen den Bug und wir segelten eine Weile dahin. Irgendwann zog ich die Fock ein Stück näher an mich heran, während wir den Kurs beibehielten. Die Schiffseite, auf der Nick saß, neigte sich augenblicklich. Doch kurz bevor Wasser ins Schiff laufen konnte, öffnete ich das Segel wieder. Ich wollte Nicks Mut ausreizen. Ihm schienen Schieflagen nicht viel auszumachen. Er zuckte nicht mal mit der Wimper. Im Gegenteil, er verlagerte seinen Oberkörper noch ein wenig, damit seine Hand ins Wasser reichen konnte. Vertraut, als segle er schon sein ganzes Leben lang, berührten seine Finger das kühle Nass und zogen einen kleinen Strudel hinter sich her. Durch die beiden Segel hindurch beobachtete ich ihn. Der Wind blies Nick sachte ins Gesicht und seine Augen waren geschlossen. Zu gerne hätte ich gewusst, was er dachte. Irgendwie sah er zufrieden aus, doch zugleich wirkte er tief in Gedanken versunken. Ob Nick an früher dachte, als er noch mit seiner Familie nach Dänemark in Urlaub gefahren war? Erinnerte ihn unser Törn an alte Zeiten? Seine Haare hingen vom Wind zerzaust locker im Gesicht.

Vielleicht dachte er auch nichts, sondern genoss einfach das Segeln. Seine Finger hingen immer im Wasser. Mittlerweile blies der Wind stärker, sodass man die Spur, die seine Finger hinterließen, nicht mehr erkennen konnte. Ob er auch über mich nachdachte? Oft wünschte ich mir eine Maschine, mit der man Gedanken lesen könnte. Das wäre eine praktische Sache und würde sich sicher gut verkaufen. Nicks Augen blieben geschlossen und ich konnte nicht erraten, was in ihm vorging. Doch ihm schien kalt zu sein. Ich sah Gänsehaut auf seinen Armen.

»Frierst du?«, fragte ich ihn. Endlich öffnete er die Augen wieder und lächelte zufrieden. Egal ob Nick traurig war, sich ärgerte oder freute: Das Lachen verging ihm nie und so wirkte er noch sympathischer – und gleichzeitig undurchschaubarer. »Nein, nein«, versicherte er und klemmte die Großschot in die Metallöse, damit er sie nicht mehr halten musste. Der Wind war kräftiger geworden. Es kostete jetzt viel Kraft, die Segel zu halten.

Nick zog die Pinne nach Luv. Der Baum des Schiffes schoss augenblicklich über meinen Kopf und ich konnte mich gerade noch ducken, bevor mich der Mast erschlagen hätte. »Hey!«, rief ich erschrocken und hielt mich reflexartig an der Reling fest. Das Boot kippte. Plötzlich saß ich auf der schiefen Seite. »'Tschuldigung! Hätte dich vorwarnen sollen«, grinste er und beruhigte das Boot wieder. Zögernd lockerte sich mein Griff. »Komm gleich wieder«, sagte ich knapp und verschwand in der Kajüte. Dort kramte ich in einer großen, gelben Kiste herum, bis ich schließlich fand, nach was ich suchte. Mit zwei Schwimmwesten kam ich wieder heraus. »Willst du auch eine?« Ich hielt Nick eine Weste hin. »Vielleicht ist dir dann auch nicht mehr so kalt«, riet ich ihm und er fühlte sich ertappt. Durch die Segel hindurch sah ich, wie er seine Arme rieb, damit sie warm wurden. »Keine schlechte Idee«, gab er zu und griff nach der Schwimmweste.

Wir segelten auf die Ostseite des Sees und ich hoffte, der Wind würde uns erhalten bleiben. Es wurde langsam wirklich frisch. Hoffentlich mussten wir nicht zurückkreuzen.

»Wollen wir wieder zum Steg segeln?«, fragte Nick und ich nahm ihm die Pinne ab, damit er sich die Weste überziehen konnte.

»He, guck mal!« Schnell zog Nick seinen Kopf durch den

Halsausschnitt der Schwimmweste und folgte meinem Finger, der auf ein paar Kringel auf dem Wasser deutete. »Guck mal! Der große Fisch dort!«, rief ich und lenkte das Schiff in den Wind, damit es stehen blieb und man den Fisch besser sehen konnte. Es war ein silbernes Tier, dessen Kopf erst an der Wasseroberfläche auftauchte und dann mit einem Satz durch die Luft flog. »Der ist ja riesig!«, fand Nick und der Fisch tauchte von Neuem auf, flog noch etwas höher und tauchte geschickt wieder ins Wasser ein. Die Tropfen perlten von seinen Schuppen ab, als er das Wasser beim Wiedereintauchen zerteilte. »Vielleicht mag er Brot.« Nick fischte sofort ein paar Brocken altes Brot aus seiner Tasche und warf es dem Fisch zu. Aber er tauchte nicht mehr auf, um nach dem Brot zu schnappen. Nick wirkte einen kleinen Moment enttäuscht.

Ich lenkte das Boot wieder auf einen schnelleren Kurs. Es nahm sofort Fahrt auf und diesmal zog Nick den Gurt seiner Schwimmweste enger. Dann fing es an zu regnen. Erst nur ein paar Tröpfchen, ein kleiner Nieselregen. Schließlich wurden die Tropfen schwerer und dicker und ich zog das Großsegel enger an mich heran, damit wir schneller wurden. »Schade, dass die Schwimmwesten keine Kapuzen haben«, bemerkte Nick. Die schweren grauen Wolken hingen direkt über dem Wasser. Sie berührten es fast. Ich sah den Steg erst, als er sich direkt vor uns aufbaute, und lenkte das Boot schnell in seine Box.

Als wir das Segel einrollten, goss es wie aus Kübeln.

»Das war aber nur der halbe Segelgutschein!«, meinte Nick. »Wir müssen wieder zusammen segeln, wenn es schön warm und sonnig ist.« Nun wurde ich hellhörig, während ich das Segel herunterzog und zusammenrollte. Er wollte also wiederkommen? Prüfend beobachtete ich ihn. Doch wieder konnte man nicht erraten, was in ihm vorging. Nach einer halben Stunde waren alle Taue des

Schiffes gut festgeknotet. Der Wind ließ das Schiff wütend an den Seilen ziehen, so als ob es noch einmal losfahren wollte. Nick und ich saßen geschafft in der Kajüte und schauten zur Tür hinaus. »Ist das ein Wetter!«, fand Nick. »Hier regnet es in Strömen und dort hinten kommt die Sonne schon wieder heraus.«

Lust, wieder nachhause zu fahren, hatte ich noch nicht und Nick ging es wohl ähnlich. Jedenfalls machte er keine Anstalten, den Rucksack aufzuschnallen und aufzubrechen. »Hast du Lust, noch ein bisschen hierzubleiben?«, fragte ich deshalb. »Wir müssten hier irgendwo noch eine Zeltplane haben. Vielleicht hinten in der gelben Kiste. Die können wir über den Baum legen und an den Seitenösen befestigen. Dann haben wir vor der Kajüte ein kleines Zelt«, erklärte ich ihm. Nick schaute zu den tristen Wolken hinauf. »Gute Idee. Es ist immer so gemütlich, wenn es draußen regnet und man selbst im Zelt liegt und die Tropfen gegen die Plane prasseln.«

Also wühlte ich in der gelben Kiste, in der mein Vater allerlei Taue und Wimpel aufbewahrte. Er konnte nichts wegwerfen. Die Plane lag ganz unten auf dem Boden der Kiste und war ein wenig schmutzig. Ich versuchte den Staub abzupusten. Aber nur wenig davon flog durch die Luft. Der Rest des Staubes klebte auf der Plane. Nick sah mir zu und schüttelte lächelnd den Kopf. »Häng sie doch in den Regen!« Ich hörte auf mit dem Pusten und kletterte aus der Kajüte. »Auf die Idee bin ich gar nicht gekommen! Hast Recht«, und er half mir, die große Plane über den Baum zu wuchten. »Die ist ja ganz schön schwer, denkt man gar nicht«, stellte Nick fest und war sichtlich erleichtert, als der Baum das Gewicht schließlich abnahm.

Wir waren klatschnass, als die letzten Schnüre um die Klampen gelegt und befestigt waren.

Nicks Schwimmweste triefte vor Nässe. »Wenigstens ist

es im Zelt gleich schön trocken!«, hoffte ich und kletterte in die Kajüte, um das hereingetropfte Wasser aufzuwischen und den Boden zu trocknen. Der Regen prasselte auf das Zeltdach und perlte an den Seitenwänden ab. »Komm rein!« Nick zog sich die Schuhe aus, damit er keine neuen Wasserspuren hinterließ. Er verstaute sie zusammen mit seiner Schwimmweste in der Ecke. »Sehr gemütlich«, fand Nick und legte sich auf eines der ausgebreiteten Polster.

Aus der Kajüte konnte man hinaus aufs Wasser sehen. Zu uns oder unseren Polstern gelangte kein einziger Regentropfen. Nick und ich lagen auf dem Bauch und sahen hinaus. Draußen ging die Sonne langsam unter und überzog den gesamten Himmel mit leuchtenden Farben. Darüber konnte man schon die blassen Umrisse des Mondes entdecken. Ihm fehlte noch ein kleines Stückchen, bis er wieder Vollmond sein würde. »So schöne Sonnenuntergänge sind selten«, freute sich Nick. »Frierst du?«, fragte er besorgt, als er bemerkte, wie ich leicht zitterte. Nick kramte augenblicklich einen trockenen Pullover aus seinem Rucksack. »Hier, den kannst du anziehen, wenn du willst.« Es war schon lange her, als ich das letzte Mal einen Pullover von Nick angehabt habe. Nur zögernd nahm ich ihn entgegen. Gern würde ich mich jetzt in ihn hineinkuscheln und Nicks Duft einatmen. Lemongras. »Aber dann hast du keinen.« »Das macht nichts, mir ist nicht kalt«, log er. Sein T-Shirt klebte an ihm wie eine zweite Haut.

Draußen war es still, nur die Ösen an den Masten der Schiffe klirrten leise. Es war ein rhythmisches Geklapper und irgendwie beruhigend. Der starke Wind ließ nach und die kleinen bunten Fähnchen auf den Mastspitzen hoben sich von den dunklen Wolken deutlich ab. Es regnete immer noch und die großen Tropfen fielen auf die Zeltplane, gleichmäßig und unaufhörlich. Kein Mensch war zu sehen. Sie waren alle bei den ersten Tropfen nachhause gegangen. Nick und ich saßen in unserem kleinen Zelt, schauten hinaus und mussten nichts sagen, um die Schönheit der Natur zu beschreiben. Wasser schwappte gegen den Bug unseres Schiffes. Das Geräusch erinnerte mich an die Fähre, die mich und meine Familie früher über das Meer nach Dänemark gebracht hatte. Dieses Geräusch nahm mir damals immer die Angst vorm Kentern. Es schien mir vertraut, irgendwie heimisch. Nicks Augen waren wieder geschlossen. Zu gern wollte ich wissen, was er dachte. Ich stellte mir vor, wie er an sein Boot dachte, mit dem er über das Meer gesegelt war. Vielleicht besaß es zwei Masten und einen Rumpf aus Holz. Irgendwie konnte ich mir Nick gut vorstellen, wie er schon damals unter einem bunten Spinnacker stand und das Ruder in der Hand hielt. War er der reiche König oder der abenteuerliche Pirat? Wieder tauchten schöne Bilder vor mir auf. Ein kleiner Nick mit zerzausten Haaren, der noch nachts am Ruder stand und voller Sehnsucht hinaus aufs dunkel glitzernde Meer schaute. Konnte er Dinge am Horizont entdecken? Schließlich erwachte ich aus meinen Gedanken und sah Nick neben mir sitzen. Er schien sich wohlzufühlen und ich konnte seine Sommersprossen trotz der Dunkelheit erkennen.

Mit gemischten Gefühlen beobachtete ich ihn. Im Moment war es schön, hier mit Nick auf dem Boot zu sitzen. Doch wie würde der kommende Morgen sein? Irgendwie wollte ich es nicht wissen. Bisher war jeder Morgen mit Nick enttäuschend gewesen. Jedes Mal schien er verändert und fremd. Es machte mir Angst, so einen Morgen noch mal erleben zu müssen. Von Enttäuschungen hatte ich genug. Vielleicht blieb er ja nicht mal bis zum nächsten Morgen und würde mich schon vorher wieder alleinlassen. Müde schloss ich meine Augen und stellte mir vor, wie es sein würde, wenn ich meine Augen erst am nächsten Tag wieder öffnen würde. Wäre es ein Morgen wie zuvor auch? Müsste ich in leere Augen blicken, die nichts fühlten? Schweigend sah ich zu Nick hinüber. Er lag noch immer auf dem Bauch. Ihm war offenbar wärmer geworden. Bestimmt würde er einfach seinen Rucksack nehmen und gehen, stellte ich mir vor, war mir aber komischerweise nicht ganz sicher.

Auch wenn ich seine Gefühle niemals erraten könnte, konnte ich mir nicht vorstellen, dass Nick einfach wieder verschwinden würde. Er wirkte nachdenklich und ebenso verletzlich. Seine Augen waren geschlossen. Mit den geschwungenen Clownaugenbrauen war er plötzlich wieder mein Nick. Sein Gesicht schien sogar zu lächeln, wenn er schlief. Schließlich, bevor zu viele Erinnerungen in mir hochsteigen konnten, schüttelte ich die Gedanken ab und durchbrach die schweigende Stille.

»Wie war es in Vietnam?« Meine Erinnerungen verschwanden, bevor ich noch mehr in ihnen versinken konnte. Nick öffnete die Augen und lächelte mich an. Auch er schien in Gedanken vertieft, denn er antwortete nicht gleich. »Es war schon schön. Aber ganz anders als hier.« Nick erzählte nicht weiter, obwohl mich sehr interessierte, wie es ihm so in der Ferne ergangen war. Er strich sich ein Haar aus den Augen und erzählte zögernd vom Frühling in Vietnam. »Im Mai fangen die Kirschbäume an zu blühen. Das ist die schönste Zeit im Jahr. Die ganze Stadt duftet nach den kleinen weißen Blüten. Überall stehen diese Bäume. Sogar auf den Balkonen der großen Hochhäuser. Natürlich nur, solange sie nicht größer werden als einen Meter. Aber auch schon so ein kleiner Baum duftet.« Ich stellte mir eine Allee voller Kirschbäume in ihrer weißen Blütenpracht vor und Nick darunter auf einer hölzernen Bank. »Wollte dir ein paar Kirschblütenzweige schicken. Aber ehe sie in Deutschland angekommen wären, sähen sie bestimmt schon braun aus.« Je länger ich mit Nick auf dem Boot saß, desto vertrauter wurde er wieder. Vertrautheit, die mir die ganzen Monate so gefehlt hatte, schlich heimlich, still und leise durch eine Hintertür in meinen Kopf. Mit ihr kam die Angst, wieder enttäuscht zu werden. Er war nachhause gekommen und hatte mich nicht angerufen. Ein schmerzender Stich zog durch meinen Magen und traf mein Herz. Währenddessen erzählte Nick von Vietnam. Beschrieb kleine Porzellanfiguren, von denen er eine für seine Mutter gekauft hatte. Doch ich hörte nur mit einem Ohr zu. Seine Geschichten interessierten mich zwar, aber meine Gedanken ließen nicht zu, dass ich ihm zuhören konnte. All die Bilder, die ich schon vor Wochen in die hinterste Schublade meines Gehirns verbannt hatte, drangen nun übermächtig an die Oberfläche zurück. Mein gebrochener Stolz nagte an mir und ich bekam Angst, ihn nie wieder loszuwerden.

Warum war Liebe nicht einfach nur schön? Warum war sie immer mit viel Traurigkeit verbunden? Man bräuchte eine Möglichkeit, überlegte ich, eine Erfindung oder etwas Ähnliches, damit Liebe nicht mehr wehtun kann. Grübelnd kamen mir lauter Dinge in den Sinn. Vielleicht einen Panzer. Etwas Solides, Festes, was man nicht so leicht zerstören konnte. Oder eine rosarote Ganzkörperbrille, die nur die schönen Seiten der Liebe hindurchließ. Eine semipermeable rosarote Schutzbrille. Wenn ich so was erfinden würde, wäre ich reich und könnte mir eine Dachterrasse bauen. Rosarote semipermeable Schutzbrillen ließen nur Momente wie diese hier durch. Nick und Janna bei Sonnenuntergang auf einem Schiff oder tanzende Sommersprossen. Vielleicht reichte auch schon eine ordentliche Fettcreme, an der aller Kummer abperlte. Jetzt tauchten schmerzende Bilder auf, und ich stellte mir vor, wie sie an meiner Haut abperlten, weil ich die Fettcreme aufgetragen hatte. Wegfliegende Flugzeuge. Nick-Morgen. Abschieds-SMS ohne Grußworte.

Plötzlich merkte ich, dass Nick aufgehört hatte zu erzählen. »Hörst du mir überhaupt zu?«, fragte er prüfend und stupste mich an. Meine Erfindungen zerplatzten wie Seifenblasen. »Ja, ja. Na klar!«, antwortete ich schnell. »Ein tolles Bauwerk, ehrlich!« Nick lächelte. Seine Sommersprossen hüpften auf und ab und er sah wieder ein bisschen aus wie ein liebenswerter Clown.

»Ich hab gesagt, es ist schön, wieder zuhause zu sein.«

»Ach so«, lächelte ich zurück, »hätte ich wohl als Nächstes geraten.«

32 Eine Antwort

Lange saßen wir einfach nur da. Die Dunkelheit brach bereits herein und die kleinen, bunten Fähnchen auf den Masten waren nicht mehr zu sehen. Eigentlich wäre es Zeit gewesen, nachhause zu fahren. Aber ich war zu müde dazu. Auch Nicks Augen sahen erschöpft aus und manchmal fielen seine Lider automatisch zu. »Hast du vielleicht Lust, hier auf dem Boot zu schlafen?«, fragte ich ihn. Nick gähnte herzhaft. »Hab schon lange nicht mehr auf einem Schiff geschlafen. Lust hätte ich. Und du?« Müde rieb ich meine Augen. »Klar!« Nick gähnte ein zweites Mal. »Aber nachts wird es bestimmt kalt.« Mir machte das nichts, meine Haut war vor lauter Kälte schon so taub geworden, dass ich nicht mehr fror. Doch dann fiel mir ein, dass meine Mutter mir für den Notfall einen Schlafsack in den Kofferraum gelegt hatte. »Den müsste ich nur schnell holen.« Nick zog sich Turnschuhe an, sein T-Shirt war zum Glück wieder trocken.

Der Regen ließ nach. Vorsichtig kroch ich unter der Plane hervor, prüfte, wie stark es noch tropfte und drehte mich zu Nick um. »Sieht gut aus. Aber pass auf, es ist etwas glatt!« Gerade als er den Kopf unter der Plane hervorstreckte, fiel ein dicker Tropfen auf seine Nase. Nick erschrak und lächelte kurz. Ein wenig unsicher. Dann sprang er mit einem Satz vom Bug und landete sicher, ohne auszurutschen, neben mir auf dem nassen Steg. Gemeinsam liefen wir zum Auto.

Ich hielt mir meine Hände über den Kopf, damit meine Kleidung nicht noch nasser wurde. Doch leider übersah ich eine Pfütze und trat voll hinein. Das kalte Wasser fraß sich augenblicklich durch meine Jeans. Nick lachte im ersten Augenblick. Doch als er merkte, dass ich nun wirklich fror, fasste er einen Zipfel meines T-Shirts und zog mich noch schneller zum Auto. »Notfalls setzen wir uns erst mal ins Auto und machen die Heizung an, sonst erfrierst du noch!«, sorgte sich Nick. Aber ich winkte ab. Im Kofferraum fand ich nicht nur den Notfallschlafsack, sondern auch noch eine Schachtel Kekse und ein paar Kissen.

Zurück auf dem Boot machten wir es uns in der Kajüte gemütlich, rollten den Schlafsack aus und aßen hungrig die Kekse. Die Regenwolken waren den Sternen gewichen. Wie spät mochte es wohl sein? Nick lag im Schlafsack eingerollt und aß Kekse. Doch noch wollte ich mich nicht dazulegen. »Ich geh noch mal gucken, ob die Taue alle fest sind«, sagte ich und ging hinaus zum Steg. Keines der Taue hatte sich gelöst. Auch die Zeltplane war noch gut befestigt. Für einen Moment setzte ich mich an den Rand des Steges und ließ die Beine baumeln. Beinahe berührten meine Schuhe das Wasser. Von hier aus hatte ich einen guten Überblick. Ich sah über das Schiff hinweg und erkannte in der Ferne die Schattenumrisse einer Baumgruppe. Der Mond spiegelte sich im Wasser. Er besaß keinen scharfen Umriss, denn die Bewegung der kleinen Wellen zerteilte ihn ständig und setzte ihn wieder zusammen.

Über mir funkelten Millionen Sterne, kleine, große, ganze Sternenbilder. Wie klein und unwichtig man doch ist, stellte ich fest und betrachtete die Endlosigkeit über mir. Nick kam aus der Kajüte, um zu gucken, wo ich blieb. Er trug den Schlafsack wie einen Mantel um seine Schultern gewickelt. »Man sieht Sterne leuchten, obwohl sie so weit entfernt sind«, bemerkte er und setzte sich neben mich auf den Steg. »So was Ähnliches hab ich auch gerade gedacht.« Vorsichtig legte er den Schlafsack um mich herum und ließ seinen Arm auf meinen Schultern ruhen. »Hast du schon mal eine Sternschnuppe gesehen?«, fragte ich und er nickte, ohne seinen Blick von den Sternen abzuwenden.

»Was hast du dir gewünscht?« Er sah mich an und dann wieder hoch zu den Sternen. »Das darf man doch nicht verraten!«

Was wünschte ich mir in diesem Augenblick? Es fühlte sich gut an, hier zu sitzen mit jemandem, dem auffiel, dass man Sterne leuchten sehen kann, obwohl sie weit weg sind.

Vielleicht würde ich mir wünschen, alle Angst zu vergessen, meinen Stolz zu reparieren und einen schönen Morgen mit Nick zu erleben, der nicht weggegangen war.

An diesem Abend wollte ich nicht einschlafen. Ich fürchtete mich vor dem Morgen. Gerade kam das Gefühl zurück, Nick vertraut zu sein. Was wäre, wenn ich beim Aufwachen wieder in leere Augen schauen müsste, die an mir vorbeisahen? Als wir uns in die Kajüte zum Schlafen legten und ich seine Hand auf meinem Bauch spürte, tat mir Nicks Wärme beinahe weh. Am liebsten wollte ich meine Hand auf seine legen und sie fest umschließen. Aber irgendwas in mir sträubte sich dagegen. Nick tat, als ob er schlief. Doch ich merkte, dass auch er angespannt war. Seine Hand lag nicht mit ganzem Gewicht auf meinem Bauch. Sie war leicht und ich fühlte seine angespannten Muskeln.

Es war doch einfach! Aber mein Verstand war dieses Mal wach und hörte nicht auf mein Herz. »Was ist nur schiefgelaufen?«, fragte ich mich und erschrak, denn scheinbar dachte ich laut. Nick legte endlich das volle Gewicht seiner Hand auf meinem Bauch ab. Nun fiel es schwerer, zu atmen. »Es ist egal, was du antwortest. Musst auch überhaupt nichts sagen«, erklärte ich schnell. Schließlich lag ich unter einer Zeltplane, an der alles, was wehtat, abperlte. Mir konnte also nichts passieren. Vorsichtshalber setzte ich auch noch meine rosarote Schutzbrille auf. Durch sie sah ich nur, wie Nick neben mir lag, ich spürte seine wohltuende Wärme und war ihm nah. Durch die Schutzbrille konnte man nur Sternenhimmel sehen und Nick und mich Arm in Arm auf dem Steg. Sommersprossen auf Nasenspitzen und Norwegerwollsocken an den Füßen. Alles andere erkannte man durch die Brille nicht. Mein Schutzmechanismus war aktiviert. Egal, was Nick auf meine Frage antworten würde.

In der Dunkelheit war nicht zu erkennen, ob Nicks Augen geschlossen oder noch offen waren. Er dachte lange über meine Frage nach. Dann sah er mich an. Man konnte es spüren, auch wenn ich seine Augen nicht sehen konnte. Zögernd bewegte er endlich seine Lippen, schloss den Mund aber sogleich wieder, so als ob er sich nicht traute, etwas zu sagen. Schnell drückte ich meine Schutzbrille noch ein bisschen fester auf die Nase und cremte auch die empfindlichen Stellen hinter dem Ohr mit der Fettcreme ein.

»Ich hab keine Ahnung«, entgegnete er endlich. »Vielleicht hab ich nicht damit gerechnet, dich zu treffen.« Gespannt schwieg ich und merkte, wie meine rosarote Schutzbrille ihren Geist aufgab und sich meine Fettcreme in eine schnell einziehende Feuchtigkeitscreme verwandelte.

Nick lächelte sein Nicklächeln. Nur kam es mir diesmal traurig vor. »Seit ich klein war, wollte ich nach Vietnam. Dann bekam ich die Chance und gleichzeitig Angst, ich würde sie nicht wahrnehmen, wenn ich mich in dich verliebe.« Nick grübelte noch, ob er etwas hinzufügen müsste. »Ja, ich glaub, das war der Grund.«

So sah also die Antwort auf all meine Zweifel aus, den Kummer, den ich ertrug und die tausend Fragen, die ich mir stellte? Komischerweise war ich zufrieden damit. Ich griff nach Nicks Hand auf meinem Bauch und beschloss, sie erst mal nicht wieder loszulassen. Nick rieb sich sein linkes Auge. Aber nicht so energisch, als ob er eine Wimper wegwischen wollte. Eher zart und vorsichtig, um Tränen zu verbergen.

Mein kleiner Zeh zuckte ein wenig und ich versuchte ihn mit meinem anderen Fuß ruhig zu bekommen. Irgendwie fühlte ich mich bereit, ein Pflaster von meinem verletzten Stolz abzuziehen. Sicher waren noch nicht alle Wunden verheilt. Aber wenn ich Glück hatte, würde nur eine Narbe zurückbleiben.

In Gedanken verpackte ich meine Schutzbrille in Folie und legte sie zu den Tauen in die gelbe Kiste. Auch den Deckel der Fettcreme schraubte ich zu.

Wer weiß, vielleicht wollte Nick auch etwas erfinden. Dann jedoch überkamen mich Zweifel und ich fragte mich plötzlich, ob mir Nick mit seinen Erfindungen nicht vielleicht schon ein kleines Stück voraus war. Möglich, dass er schon vor mir eine Schutzbrille erfunden hatte. Zwar keine rosarote. Dafür eine Wegfliegschutzbrille. Aber seine Erfindung fand ich gar nicht so gut. Schließlich legte ich meine Erfindungen zu den Tauen. Vielleicht würde meine Mutter sie beim nächsten Aussortieren mit wegschmeißen.

Nick war mittlerweile eingeschlafen. Sein Kopf ruhte an meiner Schulter. Eine feine Strähne hing ihm ins Gesicht und ich strich sie zärtlich zur Seite. Seine Augen glitzerten, obwohl sie geschlossen waren. Ich sah ihn an und war mir plötzlich sicher, dass ich kein Geld mit meiner rosaroten Schutzbrille verdienen würde. Sie wirkte einfach nicht. Zur Liebe gehörten nun mal eine schöne Seite und leider auch eine schmerzende. Liebe und Schmerz kann man nicht trennen. Auch nicht mit einer semipermeablen Brille. Bei der Konstruktion meiner Brille war mir sogar ein Fehler unterlaufen. Durch sie konnte einen nur die Liebe erreichen. Aber konnte man sich überhaupt Gedanken über die Liebe machen, ohne zu wissen, was Liebeskummer bedeutete?

Vorsichtig streichelte ich über Nicks warme, weiche Haut. Sie war mir vertraut wie eh und je. Dann umfasste ich seine Hand so, dass ich mir sicher sein konnte, sie während der Nacht nicht zu verlieren. Plötzlich bewegten sich Nicks Finger in den meinen und umgriffen sie fest. Er öffnete seine Augen, lächelte sanft und seine Sommersprossen begannen zu tanzen.

»Es tut mit leid«, flüsterte er leise und rückte näher an mich heran.

33 Die Schneekugel

Schon früh am nächsten Morgen wachte ich auf. Eine Weile starrte ich nur gegen die Schiffsdecke und beobachtete eine kleine Spinne, die in feiner Arbeit ein Netz direkt über meinem Kopf webte.

Dann wand ich meine Augen ab und lugte durch das Schiffsfenster. Es war beschlagen. Trotzdem sah ich, dass die Sonne schon aufgegangen war. Sie leuchtete in zartem Rot und stand noch tief über dem Wasser. Draußen haftete der Raureif auf dem Schiffsbug. Lauter kleine Wassertropfen. Eine feine Linie winziger Fußstapfen war in den Raureif gezeichnet. »Vielleicht ein Wasservogel«, vermutete ich, »eine von den grauen Möwen bestimmt, die gestern auf dem Steg saßen.«

Das sanfte Licht der Sonne flackerte auf dem Wasser. Ein Haubentaucher saß im dichten Schilf und putzte sich ausgiebig in der frühmorgendlichen Wärme. Zupfte an seinen Federn, streckte seinen Kopf unter Wasser, tauchte wieder auf und schüttelte sich kräftig. Dann endlich wagte ich, mich zu Nick umzudrehen. Erleichtert fiel mir ein kleiner Stein von Herzen, als ich bemerkte, dass er noch da war, neben mir lag und schlief.

Vorsichtig, um Nick nicht zu wecken, zog ich den Reißverschluss meines Schlafsacks auf. Die kleine Spinne beendete ihre Arbeit, hockte zufrieden in ihrem Netz und wartete auf erste Beute. Leise stand ich nun doch auf und öffnete die Kajütentür. Frische, kühle Luft strömte in das Boot und ließ das kleine Spinnennetz erzittern. Es war ein wunderschöner Morgen. Die ersten Seevögel zwitscherten und sangen in ihren Nestern im Schilf. Ein Graureiher stakste durch das flache Wasser und suchte nach kleinen Fischen. Nick wirkte glücklich und schien noch tief in seinen Träumen versunken zu sein. Ich lehnte mich zurück und deckte mich wieder zu. Es war kalt ohne Schlafsack und Nick, der neben mir lag und mich wärmte. Zögernd streckte ich meine Hand nach ihm aus und legte meinen Arm um seinen Rücken.

Was er wohl gerade träumte? Ich streichelte über seine Wange, die ein bisschen gerötet war. Langsam, sodass mein Schlafsack nicht raschelte, rückte ich näher an ihn heran. Er schlief so friedlich. Heute schienen seine vielen Sommersprossen geordnet zu sein. Man erkannte eine Symmetrie in ihnen. Was wohl für ein Bild entstünde, wenn man sie alle mit einem Stift verbinden würde? Die frische Luft wehte mir sachte ins Gesicht. Es war ein wenig frisch, doch neben Nick war mir warm.

Der rote Schimmer morgendlicher Sonnenstrahlen wurde auf dem Wasser in alle Richtungen reflektiert. Draußen vor der Kajüte erwachte die Natur. Alles schien so friedlich zu sein, so harmonisch. Durch das Fenster sah ich den Haubentaucher, der nichts zu tun hatte, als sich den ganzen Tag zu putzen. Vielleicht stammten die kleinen Fußabdrücke von ihm. Bestimmt hatte er uns heute Nacht einen kleinen Besuch erstattet, um zu prüfen, wer da auf seinem Boot schläft. Die zarte, rote Sonne verwandelte sich langsam in einen feurigen Ball, der hoch hinaus in den Himmel steigen wollte.

Wenn ich ein Hintergrundbild für eine Schneekugel bräuchte, dann würde ich genau diesen Augenblick auswählen, entschied ich. Ein Bild mit Nick und vielen Sommersprossen, die Fußabdrücke des Haubentauchers. Ein Bild mit einer Sonne, die sich in einen kräftigen Feuerball verwandelt. Kurz bevor ich alle Fußtappsen des Haubentauchers gezählt hatte, war ich wieder eingeschlafen.

Erst gegen Mittag erwachte ich und sah direkt in Nicks Augen neben mir. »Guten Morgen, du Langschläfer!«, begrüßte er mich und kuschelte sich enger an mich heran. »Hast du gut geschlafen?« Lächelnd nickte ich und strich ihm eine Wimper aus dem Gesicht. Nick schloss seine Augen wieder, so als wolle er noch einen Augenblick weiterschlafen. Ich tat es ihm gleich und spürte seine Wärme und Geborgenheit direkt neben mir. Ich wünschte mir nichts sehnlicher, als mit ihm zusammen zu sein. Eigentlich. Doch irgendwie schlichen auch Zweifel in meinem Kopf herum. Ein Gefühl, das nicht zu diesem schönen Moment passen wollte. Doch es ließ sich nicht verscheuchen.

Ratlos versuchte ich, das Wirrwarr in meinem Kopf in den Griff zu bekommen oder wenigstens in eine gemeinsame Richtung zu lenken, damit mir nicht so schwindelig wurde. Dicht neben mir spürte ich Nicks warme Hand und wollte sie bei mir haben. Oder doch nicht? Wie wäre es, wenn wir wirklich zusammen wären? Ein Bild baute sich vor mir auf, wie wir gemeinsam in einer Hängematte lagen und an einem Tag wie diesem wonnig hin und her schaukelten. Noch mehr Bilder erschienen, wie Nick und ich gemeinsam lachten und Basketball spielten. Heimlich ließ er mich immer wieder gewinnen.

Viele Bilder strömten in meinen Kopf und ich konnte mir sehr gut vorstellen, wie es wäre, mit Nick zusammen zu sein.

Doch das komische Gefühl mischte sich unter die Bilder und ich konnte es nicht greifen. Zögernd rückte ich ein Stück von Nick weg. Was war denn plötzlich los mit mir? Die Bilder zerrissen, fielen in tausend Teilen zu Boden und wurden von der sanften Brise des Windes davongetragen. Gefasst blickte ich ihnen hinterher, bis ich sie nicht mehr sehen konnte. In diesem Moment wurde mir bewusst, wie sehr ich mich verändert hatte. Eigentlich konnte ich gut leben ohne Nick. Er hatte mir gezeigt, wie das ging, von dem Punkt an, als er mich verlassen hatte und nach Vietnam gegangen war. Ohne ihn musste ich meinen Weg suchen und den Mut finden, ihn zu gehen. Jetzt ging ich auf ihn, auch wenn es nur ein Schotterweg war. Eigentlich gefiel es mir mittlerweile, über umgekippte Baumstämme zu springen, nicht so recht zu wissen, was hinter der nächsten Kurve verborgen war. Ohne Nick konnte ich laut zu meiner Lieblingsmusik singen, so schief und krumm, wie ich es wollte. Reisen, wohin auch immer. Seifenblasen in die Luft pusten. Ihnen zusehen, wie sie höher und höher in den Himmel stiegen. Sie lenken, wohin sie fliegen sollten, denn es waren meine Seifenblasen. Kleine und große, bunt und durchsichtig.

Meine bunten Seifenblasen, die hoch hinaufstiegen und flogen. Irgendwo landeten, wo es ihnen gefiel und dort an einem Stein zerplatzten, um ihre Träume frei zu lassen. Meine Seifenblasen, die so tanzen konnten wie Nicks Sommersprossen.

Zögernd sah ich Nick an. Meine Hand hielt seine locker umschlossen. Sie fühlte sich immer noch gut an. Aber was würde mir mehr gefallen? Seine Hand fester zu greifen oder meine Hand einfach aus seiner herauszuziehen?

Oft genug hatte ich mich gefragt, ob ich erwachsener oder stärker geworden war, wie Jona und Moni. Heute, an diesem Morgen, den ich am liebsten in einer Schneekugel konservieren wollte, fand ich endlich meine Antwort.

Vielleicht konnte ich nun allein vom Boden aufstehen, wenn ich hinfiel und brauchte keine Hilfe mehr, um weiße Wolken sehen zu können. Gerade jetzt herauszufinden, wie wichtig mir meine Freiheit geworden war, tat ein bisschen weh. Aber irgendwie auch gut. Vielleicht suchte ich mir gerade deshalb diesen Augenblick für meine Schneekugel aus, um mich immer zu erinnern, was ich eigentlich geschafft und erreicht hatte.

Blinzelnd sah ich hinaus in die Morgenröte. Dann sah ich

zu Nick hinüber und zog meinen Schlafsack über meinen Kopf, bis ich nichts mehr um mich herum sehen konnte.

Nun lag ich hier, in dieser kleinen Kajüte, und konnte entscheiden. Konnte Bilder aussortieren oder auswählen. Konnte den Arm um Nick legen oder es sein lassen. Es war meine Entscheidung. Ich war von niemandem mehr abhängig. Ein Jahr lang hatte ich auf eine Entscheidung von Nick gewartet, ihn mir zurück gewünscht und sein Flugzeug war nie am Himmel aufgetaucht. Jetzt endlich begriff ich, dass auch ich frei war. Und ich begriff, dass ich mein eigenes Tempo akzeptieren musste. Vielleicht war es auch ganz o.k., noch nicht richtig erwachsen zu sein. Alles brauchte schließlich seine Zeit.

Dann schaute ich aus dem kleinen Kajütenfenster hinaus aufs Wasser und mir kam eine neue Idee: Und irgendwann würde auch ich die Segel setzen und losfahren, bis zum Horizont oder ein Stückchen weiter. Mir Steine für meinen Beutel suchen.

Nick lag neben mir und merkte nicht, was in mir vorging. Wie sollte er auch.

An diesem Tag schaute er nicht an mir vorbei. Seine Augen waren gefüllt mit Farben und Formen, Sorgen und Freude, Liebe und Ängstlichkeit. Dinge, die er mir wohl schenken konnte. Man erkannte alles, was er mir erzählen wollte, doch niemals sagen würde. Solch eine Fülle hatte ich nie zuvor in seinen Augen bemerkt.

Vorsichtig nahm ich seine Hand, als sei sie aus Glas oder edlem Porzellan. Zärtlich streichelte ich sie, wie etwas, das man nicht weggeben will. Seine Haut roch nach herb duftendem Parfüm. Er fühlte sich so gut an. Vorsichtig strich ich mit seiner Handfläche langsam über mein Gesicht und sah Nick eindringlich an, als hätte ich Angst, zu vergessen, wo welche Sommersprosse in seinem Gesicht aufgemalt war. Zärtlich küsste ich seine Hand und hielt sie fest.

Nick lächelte zurück, als ahnte er, was ich ihm sagen wollte. Vielleicht konnte auch er in meinen Augen lesen und die vielen bunten Träume und Wünsche darin verrieten mich. Ertappt schloss ich meine Lider, damit meine Wünsche verborgen blieben und Nick nicht traurig machten. Doch vielleicht entdeckte er das Bild, das ich mir unter vielen ausgewählt hatte. Es war eine Abbildung, wie ich auf einem Felsen saß, der über das wilde Meer ragte. Die Sonne ging langsam auf und überzog das Meer mit einem langen roten Schweif, der ein bisschen dem einer Sternschnuppe glich. Während ich das gesamte Meer überblickte, ließ ich tausende Seifenblasen durch die Luft wirbeln. Sie stiegen höher und höher, bis man sie nicht mehr sehen konnte. Nick verstand, was ich ihm sagen wollte, denn er selbst kannte solche Bilder nur zu gut. Nun würde er den Kloß im Hals haben, den man bekam, wenn man einen geliebten Menschen gehen ließ, damit er seine Träume leben konnte.

Nur wenige Stunden später standen wir am Bahnhof und ich sah, wie Nicks Zug auf dem Bahngleis einrollte. Die kleinen Räder quietschten laut, als der Zugführer ihn bremste.

Das war der Zug, der Nick aus meinem Leben fahren sollte. Es war nicht mal eine besondere Bahn. Nur ein ganz gewöhnlicher, beige-roter Zug. Ein älteres Model, das noch keine automatischen Türöffner besaß. Man musste mit eigener Kraft den roten Hebel nach unten drücken. Ein letztes Mal umarmte ich Nick. Spürte, wie er sich anfühlte, seine Nickwärme und den Duft seiner Haut. Er war stark, doch er wirkte nun auch zerbrechlich. Es fiel mir schwer, Nick loszulassen. Ein letztes Mal zählte ich die vielen Sommersprossen und stupste zum Abschied sanft gegen die Sommersprosse auf der Nase, meine Lieblingssommersprosse.

Nick spürte, dass ich ihn brauchte, aber nicht jetzt. Vielleicht zu einem späteren Zeitpunkt.

Nick schnallte seinen Rucksack enger, so als habe er Angst, ihn zu verlieren. Er stieg in den Zug und blickte sich nicht zu mir um.

Die Tür schloss sich automatisch mit einem lauten Rums. Dann rollte der Zug los. Man konnte nicht mal sehen, wo Nick saß, oder seine Umrisse erahnen. Vielleicht winkte er. Vielleicht auch nicht.

Reglos stand ich am Bahnsteig und wartete, bis der Zug nicht mehr zu sehen war. Dann blieb ich noch eine Weile und sah dem Zug wortlos nach, obwohl er schon längst verschwunden war. Irgendwann drehte ich mich um und stieg die Treppen des Bahnsteigs hinab. Über mir zogen sich die Wolken zu einer dichten grauen Wand zusammen. Doch durch eine kleine Lücke drängte sich die Sonne und schien mir mit ihren warmen Strahlen mitten ins Gesicht.

»Nie weiß man, ob man die richtige Entscheidung getroffen hat, was sie mit sich bringt. Man muss es einfach ausprobieren«, sagte ich mir tröstend. Noch einmal sah ich hinauf zu dem dichten Wolkenknäuel, das sich langsam auflöste, um der Sonne Platz zu machen.

Nicht das zu bekommen, was man wollte, das hatte ich in diesem Jahr gelernt, war oft ein großer Glücksfall.

34 Rostis Reise

Es war spät nachts und sehr kalt draußen. Trotzdem lag ich mit meiner grünen Daunendecke im Garten auf der Liege. Einige Stunden waren vergangen, seitdem sich die Türen von Nicks Zug geschlossen hatten und er aus meinem Leben gefahren war. Immer noch roch ich sein Zitronenparfum und spürte Nicks Hand auf der meinen ruhen. War meine Entscheidung tatsächlich richtig gewesen? Jetzt in diesem Moment zum Beispiel hätte ich Nick gern bei mir gehabt. Doch ich wusste, dass es richtig war so.

Langsam wurde mir kalt und ich zog meine Decke bis über den Hals. Nur meine Augen lugten hervor. Die Decke war frisch gewaschen und roch nach Mamas Weichspüler, von dem sie immer einen Löffel unter das Waschpulver mischte. Ich wollte mein Leben selbst in die Hand nehmen. Jetzt musste ich mich wohl zuerst mit Traurigkeit und Sehnsucht zufrieden geben. Meine Entscheidung, Nick gehen zu lassen, war gründlich überlegt. Der Reiz, endlich ein neues Bild aus meinem Kopf herauszusuchen, um das sich mein Leben in Zukunft drehen sollte, war stark. Das erste Mal in meinem Leben war ich einen eigenen Weg gegangen, ohne dass ich mir einen Rat von Rosti holen musste. Stolz lächelte ich in den Nachthimmel hinein. Vielleicht würde ich mir am nächsten Tag Seifenblasen kaufen. Irgendwie bekam ich Lust, ein paar davon auf Reisen zu schicken.

Erwartungsvoll trabte ich auf meinem Schotterweg umher. Meinen Fuß konnte ich längst aus der Zwischenwelt herausziehen. Auch wenn ich traurig war und die Traurigkeit im Moment noch überwog, war ich gespannt, was meine Zukunft so bot. Wie würde sie sein, ohne Nick und blinkende Flugzeuge? Ohne die Dinge, die mich ein Jahr beschäftigt hatten?

Es war ein wenig unbequem auf der Liege geworden und ich suchte nach einer gemütlicheren Position. Gedankenverloren kaute ich auf meinem Kaugummi herum. Es schmeckte schon längst nicht mehr nach Pfefferminz. Was würde morgen sein? Im hohen Bogen spuckte ich mein Kaugummi aus. Eigentlich wollte ich über den Zaun treffen, aber dafür hatte ich zu wenig Puste. Stattdessen landete es irgendwo im Gras. Man konnte nicht sehen, wo, dazu war es zu dunkel. Doch kaum überlegte ich eine Sekunde, wo es hingeflogen war, bekam ich schon ein schlechtes Gewissen. Manchmal mochte ich mein schlechtes Gewissen nicht. Es dauerte nicht lange und ich stand auf, um das Kaugummi im hohen Gras zu suchen. Schließlich fand ich es unter einem Ast des Holunderbusches, wickelte es in ein Stück Papier und warf es in den Müll. Zurück auf der Liege versteckte ich meinen Körper wieder bis zu den Augen unter der Decke.

Ich dachte noch einmal über meine Traurigkeit nach. Auch sie würde ich in den Griff bekommen. Ich wusste: Wenn man lacht und sich die Gesichtsmuskeln anspannen, denkt das Gehirn, man ist glücklich. Also lachte ich aus vollem Halse in die Nacht hinein und hoffte, dass mich keiner hörte. Über mir funkelte der Nachthimmel. Der Sternenwart gab sich große Mühe. Heute achtete ich nicht auf Flugzeuge. Sie waren mir nicht mehr wichtig. Jetzt erkannte ich andere Dinge in den Sternen, sah die Sternendecke, wie sie sich mal entfernte und wieder näher kam. Zeitweise rückten die Sterne eher zusammen. Beim zweiten Hinsehen wichen sie auseinander.

Meine Schwester dachte früher, Sterne seien dazu da, damit sich Menschen bei Nacht nicht verirren und immer den Weg nachhause finden können. Gäbe es sie nicht, würde der Sternenwart seinen Job verlieren. Schon als Nick nach Vietnam geflogen war, fand ich Trost bei den Sternen. Nun konnte ich auf meiner Schotterstraße den richtigen Weg nachhause finden. Aber die Sterne blieben und leuchteten weiter, für Menschen, die ihren Weg verloren hatten. Vielleicht leuchteten sie heute Nacht für den kleinen Hund vor der Baustelle, damit er die Blumen am Wegesrand besser erkennen konnte. Der kleine Hund mit dem verzierten Halsband. Gewiss würde er immer nachhause finden.

Auf einmal hörte ich leise Schritte in der Dunkelheit. Suchend blickte ich mich um, erkannte jedoch nichts. Plötzlich sprang Rosti mit einem Satz auf meinen Schoß. »Rosti! Mensch, hast du mich erschreckt!«, schnaufte ich, streichelte aber sogleich über sein schönes Fell, damit er merkte, dass ich nicht böse auf ihn war. »Guten Abend, Janna«, entgegnete er höflich.

Er rollte sich eng zusammen und fragte: »Janna, kannst du mir vielleicht diesen Fellknoten herausmachen? Siehst du ihn?« Sorgfältig suchte ich sein Fell ab und fand einen kleinen zerzausten Haarball hinter seinem Ohr. »Diesen hier?« Rosti fing an zu schnurren. Ich zuselte den Haarballen auf und strich das Fell wieder glatt. Dann hob er seinen Kopf, den er zuvor auf seinen behaarten, kleinen Händen abgelegt hatte, und sah mich an.

»Man muss ja wenigstens gut aussehen, wenn man auf Reisen geht!« Einen Augenblick lang verstand ich nicht, was er meinte und überlegte, welchen Ratschlag er mir diesmal mit auf den Weg geben wollte. »Kein Ratschlag für dich, Janna«, entgegnete er, ohne dass ich meine Gedanken laut geäußert hätte. »Nicht? Was dann?« Rosti fischte mit seiner Kralle ein Stück Asche aus dem Fell. »Weißt du, mit der Zeit ist es doch langweilig, immer nur im Kamin zu wohnen.« Er richtete sich ein bisschen auf. »Du brauchst mich jetzt nicht mehr. Es ist an der Zeit, dass ich auch mal was erlebe.« Überrascht blickte ich ihn an. »Aber warum? Wohin willst du denn?« Jetzt kämmte Rosti seine

Schwanzspitze. »Im Kamin muss man immer aufpassen, dass nicht irgendwann doch jemand kommt, um ihn anzuzünden. Dich kann ich doch jetzt allein lassen.« Davon war ich nicht so ganz überzeugt. »Janna, du hast nun eine Tür geschlossen. Jetzt hab den Mut, die nächste zu öffnen!« Ob ich das hinbekam, so ganz ohne Rostis Hilfe? Rosti war überzeugter. »Du kannst es! Jetzt lass mich Abenteuer erleben!« Nachdenklich streichelte ich über Rostis rötliches Fell. Es schien sein Ernst zu sein. Gleich zwei Personen an einem Tag zu verabschieden war ziemlich schwer. Doch Rostis Pläne schienen unumkehrbar. Als ich zur Terrassentür hinüberschaute, entdeckte ich einen kleinen Rucksack, der erwartungsvoll an der Wand lehnte. Rosti folgte meinem Blick. »Ist der nicht schick?«, fragte er stolz. »Den hab ich bei Ebay ersteigert.« Er lächelte verlegen. Wahrscheinlich bestellte er auf meinen Namen. Lächelnd strich ich Rostis Fell glatt. Irgendwie wollte ich ihn so zerzaust nicht durch die Welt marschieren lassen. Mir fiel es schwer, Abschied von ihm zu nehmen. Rosti war mit der Zeit ein wirklich guter Freund geworden. Zu lange nahm ich ihn schon in Anspruch. Es war nur gerecht, ihn nun gehen und Abenteuer erleben zu lassen.

»Wo willst du denn hin?« Er zuckte mit den Schultern. »Kann ich dich auch einfach gehen lassen? Kommst du zurecht?«, fragte ich besorgt, doch Rosti grinste. »Und du? Kriegst du alles hin?« »Törlich!«, entgegnete ich. »Aber du musst mir eine Karte schicken, damit ich weiß, dass du gut angekommen bist.«

35 Meine Legowelt

Eine Woche später lieh ich mir von Jona zwei Legokisten. Es war schwer gewesen, sie zu bekommen, denn Lego war Jonas Ein und Alles. Schließlich, nach langem Überreden und vielen Komplimenten, konnte ich ihn doch erweichen und er lieh mir die vielen Steine aus.

Nun saß ich in meinem Zimmer mit lauter bunten Legosteinchen und baute, was das Zeug hielt. Komische Autos mit einem oder zwei Lenkrädern. Mehrstöckige Häuser mit buntem Dach. Einige hatten sogar einen Schornstein. Einen Pferdestall mit großen Boxen und Außengehege, Straßenplatten, die im Grünen endeten und Einkaufsläden mit allerlei Krimskrams. Auch Papas blaubepinselten Holzteich legte ich mitten in meine Legostadt und stellte eine Ente darauf. Mir war es egal, ob der Teich Grundstücke überlappte oder nicht. Auf das weiße Pferd malte ich lauter schwarze Punkte mit Edding, auch wenn Jona mich später anmeckern würde. Die Läden verkauften selbst gemalte Äpfel und eine eigene Legozeitung im Miniformat, die ich selbst gebastelt hatte. Die Zeitung war genauso groß wie die Menschen, aber auch das war mir egal. Ich tauchte in eine Welt ein, die ich als Kind besessen hatte. Mein Parcours war zu schwer für Pferde. Aber meine kleinen Legopferde konnten mit Leichtigkeit drei Fantasiemeter hoch springen. Nach Lust und Laune schraubte ich Legomenschen auseinander und setzte sie so zusammen, wie sie mir besser gefielen. Ein Reiter blieb vor der Baustelle stehen, wo mal ein Haus entstehen würde. Gebannt sah er auf die fünf viereckigen Baggerschaufeln. Meine Legostadt besaß sogar einen Flughafen. Zwar sah er ganz bunt aus und den Flugzeugen fehlte es hie und da an Flügeln oder Reifen. Aber das störte wenig, denn sie konnten trotzdem fliegen. Auch ein Tierheim stand an einer Straßenecke. Auf dem Dachboden wohnte eine kranke Eule mit gebrochenem Flügel. Bald würde sie wieder gesund sein. In der untersten Etage fand man die Gehege der kleineren Tiere. Hier saß eine Schildkröte in ihrem Haus und in der anderen Box hockten zwei kleine weiße Mäuse. Draußen vor der Tierheimtür stand ein Mädchen mit rotem Zopf und einem rosa Pullover, auf dem ein Pferdekopf in einem Hufeisen abgebildet war. Vielleicht wollte sie die beiden Mäuse kaufen. An den Kreuzungen und den langen Straßen stellte ich bunte Verkehrsschilder auf, nach denen man im richtigen Leben tausendmal verunfallt wäre. Aber meine Legomännchen konnten danach fahren und bauten keine Unfälle. Ich kramte Autos aus einer anderen Kiste, die nicht aus Lego, sondern aus billigem Metall oder Alu waren. Sie passten wunderbar in die Stadt und sausten die Straßen entlang. Es passierten Unfälle, bei denen keine Menschen verletzt wurden.

Nach kurzer Zeit war mein ganzes Zimmer vollgebaut. Umdrehen ging nur noch, wenn man den Bauch einzog. Zufrieden saß ich inmitten meiner Legowelt und spielte, so wie ich früher spielen konnte. Ohne Schwierigkeiten, meiner Fantasie freien Lauf zu lassen. Meine Spielzeugpferde wieherten aus vollem Halse. Ich streute Sand an den Rand des Holzteiches und achtete nicht darauf, dass Jonas ganze Kiste voll mit Sand sein würde und die Legosteine nicht mehr so einfach zusammenzubauen wären. Hier entstand ein neues buntes Haus. Irgendwo anders pflückte ein Männchen im Frühling Äpfel in Form von kleinen roten Holzperlen von einem Legobaum. In einem Flugzeug ohne Räder saß ein Pilot im Schaffnerkostüm. Meine Legokinder kamen aus der Schule, die nur eine Stunde dauerte, und spielten, weil es keine Hausaufgaben gab. Irgendwo mitten auf der Straße lag ein Legostein und ich ließ einen Bagger ohne Schaufel dorthin fahren, um den Stein wegzuräumen. Ich baute eine Burg am Rande der grünen Platte und freute mich. Die Gummischildkröte war aus ihrem Tierheimgehege ausgebüchst und besuchte nun die Ente auf ihrem Holzteich. Die beiden schienen sich gut zu verstehen. Mein Spiel dauerte bis tief in die Nacht. Als ich schließlich zu müde wurde, legte ich mich mitten in meine Legowelt. Es machte nichts aus, dass dabei ein paar Bäume umfielen. Zufrieden schloss ich die Augen. Mir kam es vor, als ob sich die Figuren um mich herum weiterbewegten. Als ob die Aluautos über mich rüberfuhren und hupten, weil meine Nase im Wege stand. Zu der Legoburg an dem kleinen Holzteich fuhren einige Bagger und bauten die Burg mit roten Steinen fertig. Ich fühlte, wie die Pferde über meine Hand trabten und mich nicht beachteten. Sie sprangen über meine Finger, rissen hie und da ein Hindernis mit, aber das war nicht schlimm. Eines der Legomännchen las mir meine selbst gemalte Zeitung vor.

»Manchmal braucht man nicht völlig mit der Kindheit abzuschließen, wenn man erwachsen sein will«, stellte ich zufrieden fest. »Im Gegenteil, ein bisschen Kind zu sein erleichtert das Leben oft ungemein.« Ich drehte und wendete einen kleinen blauen Viererlegostein in meiner Hand und befühlte ihn mit den Fingern. Seine Ecken waren im Laufe der Zeit schon ein wenig abgenutzt und rund geworden. Bestimmt hatte Jona damit schon viele Häuser gebaut. Die Farbe schimmerte nur noch blass.

Irgendwann würde ich die Legowelt wieder einpacken müssen. Die Straßenplatten, die kleinen Figuren, die Steine und Bäume. Aber mein Lieblingsmännchen, das würde ich mir aufs Regal setzen. Ich griff nach dem Mädchen mit dem roten Pferdeschwanz und dem Hufeisenpullover. Dann schloss ich meine Augen wieder und schlief zufrieden ein.